# ZEPHYR

SCIENCE FICTION

BORIS TARINEF

# ZEPHYR

## LIVRE I

Réveil d'un organique

## BORIS TARINEF

Boris Tarinef est l'anagramme d'un auteur français inconnu dont Zéphyr est la première œuvre. Travaillant dans l'industrie depuis vingt ans, il a décidé de s'évader en écrivant sa première saga fantasy. Il est marié et père de trois enfants.

Ecrire Zéphyr fut pour lui une forme de thérapie dans un monde soumis à la pression des objectifs, des rendements, de la rentabilité et du résultat. Imaginer le monde de Zéphyr est un moyen de laisser enfin parler une créativité endormie et de doubler sur une ligne continue trop normée.

Self publishing – 1ère édition

Copyright © 2019 Boris Tarinef. Tous droits réservés.

ISBN – 978-2-9566670-0-1

Photo couverture Madita Recktenwald : ZEPHYR

www.recktenwald-design.com

A Nat, pour sa patience, sa gentillesse et sa compréhension. Puisse-t-elle un jour lire ce livre.

A Eulalie, ma première lectrice. Sur ses conseils, Zéphyr, Yvoire, Hector et bien d'autres ont vu leur destinée changer.

A Viviane, pour son regard professionnel et son retour généreux.

A Thibault, mon plus jeune critique qui a réveillé mes yeux oubliés d'adolescent.

A Caroline, pour l'expression de ses émotions à la lecture des aventures de Zéphyr.

A Zélie et Rémy dont les rires et sourires m'ont donné l'inspiration.

A Robin, Michel, Andrej, David, qui m'ont donné le goût de la lecture et ma passion pour la fantasy.

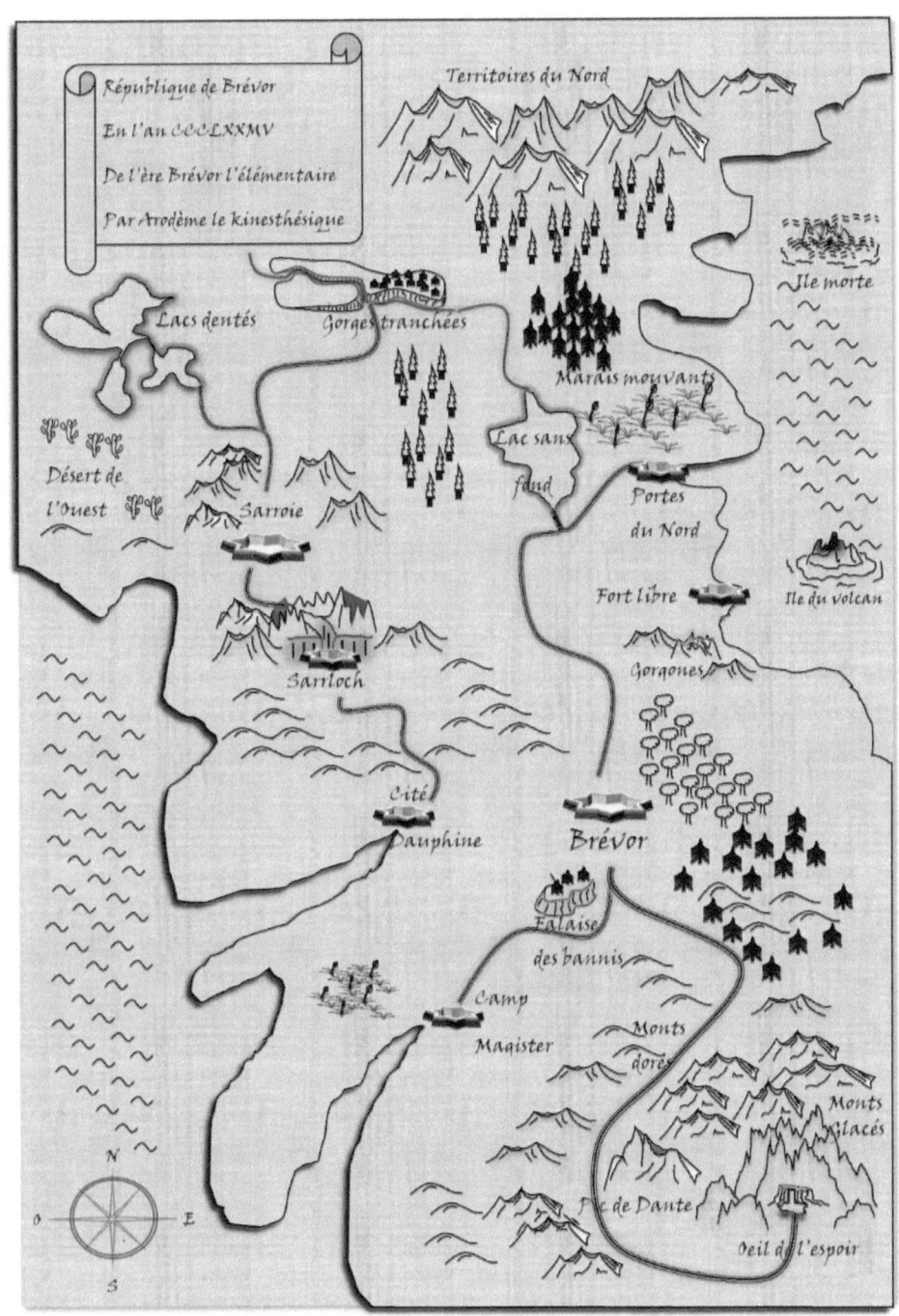

République de Brévor

En l'an CCCLXXMV

De l'ère Brévor l'élémentaire

Par Arodème le kinesthésique

Territoires du Nord

Lacs dentés

Gorges tranchées

Île morte

Désert de l'Ouest

Marais mouvants

Lac sans fond

Sarroie

Portes du Nord

Fort libre

Île du volcan

Sarrloch

Gorgones

Cité Dauphine

Brévor

Falaise des bannis

Camp Magister

Monts dorés

Monts glacés

Pic de Dante

Oeil de l'espoir

O
N
E
S

9

La magie est un conte pour enfants et ignorants. Son mythe n'est entretenu que par ceux qui veulent garder le secret de l'accès à toutes les potentialités de l'homme.

# 1.   Survie

Silence...

Une ombre dévale la forêt.

Rapidité...

L'homme court entre les pins avec agilité.

Silence...

Un cerf relève la tête, guidé par son instinct de survie. Trop tard... l'homme est passé en deux bonds devant l'animal. Le cerf s'inquiète de sa défaillance à repérer le danger pendant que l'intrus poursuit déjà sa descente dans la chênaie comme une ombre furtive. Un bras ensanglanté pend le long de son buste. Malgré son handicap, aucune gêne n'est apparente dans sa course folle.

Blocage nerveux ...

L'homme, sans ralentir, se jette dans une introspection cérébrale.

*La douleur est un flux d'informations nerveuses, un simple message... Je visualise ce flux au travers de mon bras et mon épaule. Mon esprit prend conscience de ce flux d'informations et décide que le message devient secondaire. Mon bras blessé est considéré comme une* entité purement mécanique de mon corps, un élément déconnecté d'un assemblage corporel.

La blessure saigne abondamment. La douleur qui aurait fait défaillir le commun des mortels devient un simple codage nerveux appréhendé par le cerveau comme une information inutile qu'il doit filtrer.

Survie ...

*Atteindre la falaise des bannis. Quelle ironie*, se dit-il mentalement. *Moi, un banni, m'échapper par l'endroit même où ils m'auraient condamné à sauter ... je dois survivre pour ma famille ou mourir avec mes secrets... courir... encore courir...*

Telle une ombre noire, l'homme dévale la pente. Sa cagoule sombre ne laisse apparaître que ses yeux. Sa broigne noire, en tissu pour ne pas entraver ses mouvements, est renforcée de cuir sur les endroits vitaux. Son regard, tout aussi noir, trahit la haine viscérale qu'il éprouve envers ceux qui l'ont blessé. Il n'est nullement gêné par ses dagues de jet dont les fourreaux sont cousus à même le vêtement, comme greffés sur son dos. On peut à peine repérer les branches des étoiles de lancer, accessibles au niveau des cuisses. Il dose habilement son énergie entre l'excitation des muscles de ses jambes et l'abstraction de sa blessure. Il déroule ses enjambées et anticipe le relief qui défile. Le silence de son passage contraste avec la vélocité de ses foulées.

*Devant... une marre... mélange de boue, limon et feuilles ... le moindre pas dans ce bourbier et je suis piégé... je pourrais la contourner... trop long ... seule solution... sauter par-dessus... un saut de dix   mètres ...*

Concentration ...

*Je décharge l'adrénaline dans les cuisses... j'ordonne une extension maximum... je continue une course fictive dans les airs... dessinant mentalement un pont invisible... j'anticipe la réception... éclaboussures de boue jusqu'aux* chevilles à l'arrivée … je continue mes foulées comme si mes pieds n'avaient jamais quitté la terre ferme... Aie ! Douleur forte … la blessure du bras …

Introspection …

Blocage nerveux … je rage... perte de maîtrise comme un débutant … la réception du saut m'a fait perdre le blocage des influx nerveux de la blessure... je continue en serrant les dents... le temps de retrouver ma concentration... ignorer les messages de douleur de l'épaule... continuer à courir... la falaise... mon objectif... à un kilomètre... je pense à la Famille... regain d'énergie...

Concentration …

Je ressens un changement dans les vibrations de l'air... quatre coureurs... démarches félines... des organiques confirmés … une escouade d'intervention … courses fluides à peine perceptibles … trois cents mètres derrière moi... hors d'atteinte pour l'instant...

Concentration …

J'accélère le flux sanguin dans les cuisses et les mollets... je libère les tendons... je décharge l'adrénaline graduellement... J'étends les foulées... j'évacue les toxines...

Deux cent cinquante mètres …

Ne pas perdre ma concentration... ils connaissent le terrain... savent quels pièges éviter... un endroit trop boueux... des souches d'arbres camouflées... des ronces trop agressives... je dois atteindre la falaise … droit devant, en ligne de mire …

Deux cents mètres …

Bruit métallique … une arbalète de bras … je dois osciller ma course … ne pas rester dans leur champ de tir...

La chasse a commencé. Il joue le rôle de la proie. Il plane entre les arbres, suivi des quatre poursuivants. Leurs tuniques brunes et vertes les dissimulent parfaitement dans l'environnement local. Ils sont armés légèrement. Une arbalète est attachée le long de l'avant-bras. Six manches de dagues de jets pointent de leur dos. Deux poignards sont sanglés sur les cuisses. On devine facilement leur art de prédilection : Gracieux dans leurs foulées, sveltes et athlétiques, des hommes pour qui la connaissance de la mécanique corporelle et les secrets des fluides vitaux sont une religion. Ce sont des soldats organiques confirmés. Comme toute brigade d'intervention, ils sont rompus à la poursuite, à l'interception rapide, et à l'embuscade. Cibler leur proie puis tirer sans être affecté par les mouvements de leur course, est une seconde nature chez ces quatre soldats. Ils ont été formés pour ce genre d'exercice.

Survie ...

*Mon corps est précieux ... je dois le préserver absolument ... mes sens sont en alerte... j'entends leur course plus que je ne la vois... quatre organiques... trop nombreux...*

Le fugitif se saisit avec son bras valide de deux étoiles de lancer et les projette successivement devant lui. Les deux armes sont liées l'une à l'autre par une cordelette si finement tissée qu'elle en est difficilement visible pour une personne en pleine foulée. La première étoile, retenue par la corde, tourne autour d'un chêne à vingt mètres de là et vient se planter dans l'écorce. L'autre étoile vient s'enrouler sur un arbre espacé du premier chêne de quelques mètres. Le fuyard enjambe la corde sans ralentir sa foulée et continue de dévier sa trajectoire de manière aléatoire.

Cent cinquante mètres ...

*Bruit de chute derrière moi... il reste trois poursuivants... de plus en plus proches ... deux m'encadrent latéralement ... ils ne sont pas gênés par mes changements de trajectoire... bruits métalliques... deux déclics ... concentration sur le sifflement de l'air ...*

L'homme, d'un bond saute à l'horizontal du sol, les pieds en avant, prenant appui sur le tronc d'un chêne. D'une poussée de la jambe droite sur le tronc, il plonge en roulade sur le sol, laissant derrière lui un carreau planté sur le chêne trente centimètres en dessous de l'endroit où il avait posé le pied. Il sent le souffle de l'autre projectile frôler le dessus de son crâne à la réception de sa roulade....

Cent mètres ...

*Nouveau déclic ... sifflement symétrique dans les deux oreilles... parfaitement dans ma trajectoire ... poussée extrême sur la jambe gauche ... décalage d'une vingtaine de centimes ...brûlure au niveau des côtes ...*

Le carreau continue droit devant emmenant avec lui son trophée de tissu prélevé de la tunique.

*Une simple entaille... j'ai eu chaud... ma vie ne tient qu'à quelques mètres... j'entends la Tumulte qui gronde au pied de la falaise... aucune chance de franchir ces derniers mètres si je reste en ligne de mire des organiques.*

Comprenant qu'il est trop exposé avec deux poursuivants lui bloquant les directions latérales et formant une cible parfaite pour celui qui singe son parcours, il oblique fortement sur l'un des soldats latéraux. Il se dirige directement sur le poursuivant de droite. Dans le même temps, il lance de son bras valide, une dague de jet vers le soldat.

Ce dernier arbore un sourire aux lèvres. Comment le fugitif peut-il espérer l'inquiéter avec ce tir de la dernière chance ? Le membre de la brigade effectue un salto aérien tout en armant son arbalète, sûr d'éviter la dague et de profiter à la réception d'un angle de tir infaillible. L'intuition était parfaite. L'angle de tir est en effet idéal, ce que n'a pas manqué d'anticiper le fuyard. La seconde dague lancée dans la foulée par le fugitif ne peut manquer sa cible à la réception de son acrobatie. Un filet de sang s'échappe du sourire figé du soldat et vient tacher sa combinaison verte... Il s'effondre une dague dans le cœur.

Dix mètres...

*Deux déclics... deux sifflements différents... un carreau et une sifflante !*

Les sifflantes produisent un son strident destiné aussi bien à désorienter l'adversaire qu'à donner l'alerte ou signaler une position. Un organique est formé pour réguler et influencer une fonction de son corps devant une perturbation, une blessure, une agression sensorielle, tout en gardant la pleine utilisation des autres capacités corporelles. Réguler deux perturbations corporelles tout en gardant une maîtrise des autres organes relève des organiques confirmés. Certains Commandeurs peuvent exceller jusqu'à gérer trois ou quatre perturbations.

*Un signal ... D'autres soldats doivent m'attendre en bas de la falaise... trop tard pour reculer... espérer que ma préparation de la veille soit intacte...*

Le guerrier noir sait qu'il doit choisir ses priorités : continuer sa foulée en faisant abstraction de la douleur du bras, l'entaille sur le flanc gauche et ignorer le son déchirant de la sifflante, lui empêchant par la même occasion de se concentrer sur la trajectoire du second tir.

Son choix est fait ! Il plonge vers la falaise à l'endroit exact où la veille il avait marqué à la cendre une croix sur la dalle. Il arme dans sa chute un mécanisme fixé sur son avant-bras valide. Trois crochets mécaniques surgissent dans le prolongement de la main. C'est à ce moment qu'il ressent une douleur cuisante dans la cuisse gauche. Subissant cette fois la douleur de plein fouet, il tend son bras vers une corde tendue, tentant de la saisir avec ses crochets. Mais la douleur dans la cuisse a clairement perturbé son équilibre lors de son saut final. Il manque la corde de son grappin et continue sa chute.

Concentration ...

*Abstraction de la cuisse gauche... modifier mon équilibre en pivotant dans ma chute ...*

Survie...

Il ne pense plus qu'à un seul but : accrocher la seconde corde cinq mètres plus bas. Il tend le bras, focalisant son attention sur la corde de secours... et serre le poing violemment lorsqu'un crochet sur les trois englobe la corde. Le mécanisme referme instantanément le crochet formant alors un anneau qui coulisse sur la corde. Le fugitif ressent une forte tension dans son bras valide. Il accepte cette douleur comme une bénédiction. Elle est synonyme de vie sauve pour lui. Le temps d'une glissade sur la corde tendue, il se laisse aller, à ne rien penser, ne pas se concentrer et hurler ses souffrances qu'il ne peut plus atténuer. Avant l'atterrissage, sa formation d'homme d'élite reprend le dessus. Il se parle intérieurement en inspectant les lieux de son point de chute :

*Si je m'enfuis d'ici, rappelez-moi, ma Guide de vous remercier pour votre formation. « Toujours préparer un plan d'urgence pour sa sortie » M'a-t-elle toujours appris. « Et un autre, si le premier plan ne fonctionne pas », ne manquait-elle jamais d'ajouter.*

*« Et que faire si le plan de secours ne fonctionne pas ? » Lui avais-je déjà répondu.*

*« Alors improvise et survis … »*

La corde tendue passe au-dessus de la Tumulte, un torrent de vingt mètres de large qui porte bien son nom.

*« Bon c'est l'heure de l'improvisation »*, se dit-il en voyant à gauche deux cavaliers galopant dans la direction de son point de chute.

Il desserre le poing, libérant la fermeture du crochet. D'une secousse du bras, il décroche le crochet pour plonger dans la Tumulte. Il oublie au passage l'atterrissage en douceur qu'il s'était préparé la veille avec des branches nouées dans la corde. Cet ingénieux système devait le ralentir jusqu'à l'arrivée en brisant les branches, les unes après les autres. C'étaient à peu près les instructions de

Walfried, le sage kinesthésique de la Famille. Juste avant de gouter à l'eau, il inspire fortement et plaisante comme pour libérer les tensions :

« *Avec Walfried, j'ai surement bien fait d'opter pour l'improvisation. Ça ne me disait rien qui vaille son système de freinage !* »

Il plonge alors soudainement dans la Tumulte. Il ne relâche pas son inspiration malgré son envie de hurler. Les douleurs à la cuisse et au bras atteignent leur apogée dans les remous sous-marins. Le froid glacial de la rivière le paralyse temporairement et lui fait perdre ses repères. Il retient son souffle aussi longtemps que lui autorise la douleur et se laisse emporter par le courant. Il puise alors dans ses forces pour remonter à la surface et aspirer une grande bouffée d'air avant de se laisser de nouveau emporter par le torrent.

Pendant ce temps, les deux cavaliers observent le fugitif dériver. L'un d'eux, cheveux gris, tunique grise s'adresse à son plus jeune voisin :

- N'essaie pas de le maîtriser, dit l'ancien. *Tu t'épuiserais pour rien à vouloir le contraindre. Tu te concentrerais sur quoi ? Une tête qui dépasse toutes les trente secondes ? Ne te donne pas cette peine : nul ne peut assagir la vigueur de la Tumulte.*

- *Mais il s'enfuit Commandeur !*

- *Avec jambe et bras perforés ! Où veux-tu qu'il aille ? Quatre brigades d'intervention sont déjà à ses trousses le long de la Tumulte.*

- *C'est un organique qui a semé une brigade d'élite ! Ce doit être au moins un Commandeur comme vous !*

Cette dernière remarque finit d'épuiser le peu de patience disponible chez le Commandeur. Comment un jeune apprenti peut-il s'autoriser à mettre en doute ses capacités de jugement ? Et surtout comment peut-il surévaluer les aptitudes du rebelle, certes organique, mais en aucun cas capable de défier les lois de la nature.

- *Non pas comme moi ! C'est un Commandeur organique, chargé de la basse besogne. Toi et moi sommes au-dessus de cette nourriture à épée. Nous sommes des Cognitifs. Laisse nos chiens de guerre s'occuper de récupérer les morceaux.*

Refroidi dans ses ardeurs, le jeune cognitif hésite à poursuivre ses remarques devant son mentor. Il ne peut toutefois s'empêcher de s'inquiéter sur la réussite de leur mission. Le Magister ne leur pardonnera pas un échec. Cette dernière pensée finit de le convaincre que la colère de son Commandeur est mille fois préférable à la sanction du Magister et il poursuit :

- *Comment prévenir les autres bridages ? La transmission avec la forteresse est impossible à cette distance.*

- *Tu me déçois encore. Le fait d'avoir des prédispositions à l'art cognitif ne t'empêche pas d'être intelligent. Il n'est pas nécessaire de les prévenir, ils sont déjà prêts. C'est une question de déduction et précaution tout simplement. Dès que j'ai pressenti que nous avions un espion banni dans la forteresse, toutes les dispositions pour bloquer les accès ont été prises, même la plus improbable : s'échapper par la falaise des bannis ! Nos cinquante brigades d'élites patrouillent et entourent tout le périmètre autour de Brévor. Même un Commandeur, aussi doué soit-il, ne pourrait passer inaperçu. Alors un demi Commandeur à moitié noyé …*

Le jeune disciple est conscient de ne pas avoir gagné des points sur sa dernière question. Il baisse la tête. Il a un peu honte de lui-même, non pour avoir montré des signes agaçants de curiosité mais il pense sincèrement manquer de persévérance dans son devoir. Il garde pourtant le silence cette fois. Le risque de subir une fois de trop le courroux de son Commandeur s'il se permettait

19

d'insister, finit par le rendre définitivement silencieux, malgré ses doutes.

Pourtant, comme pour lui donner raison, à trois cents mètres de là, hors de portée du regard des deux cavaliers, le mystérieux Commandeur banni rejoint la rive de la Tumulte en se trainant sur les rochers. Pour la première fois depuis sa fuite, il est incapable d'user de son art pour transcender la douleur. Transi par le froid, blessé, désorienté, il n'a qu'une pensée en tête.

Survie...

Il rampe jusqu'à l'orée de la forêt. Là, il se laisse rouler dans un fossé qui juxtapose la première ligne d'arbres. Après plusieurs minutes nécessaires pour reprendre son souffle, il puise dans ses dernières forces pour inhiber la douleur de sa cuisse et se saisit du carreau planté profondément dans la chair. D'un coup sec, il tire violemment sur le trait, accompagnant le geste d'un hurlement à moitié étouffé. Presque machinalement, il sort un sachet d'herbes d'une poche de sa broigne, crache sur les plantes médicinales et applique le baume de fortune sur les blessures.

Malgré la douleur, il se recouvre de terre boueuse et de feuilles. Il veut avant tout combattre l'hypothermie mais il sait aussi que les initiés organiques et cognitifs sont capables de détecter les variations thermiques de tout être vivant. Le masque de boue et de feuilles va camoufler les radiations de son corps. Ses années de formation lui dictent instinctivement les gestes de survie élémentaires. Il se camoufle sous un amas important de feuilles mortes. Il sera moins repérable, le temps de récupérer.

Une fois installé, il se laisse enfin aller et sombre dans l'inconscience. Pour tous promeneurs longeant la rivière, seul un léger monticule de terre recouvert de feuilles accumulées par le vent reste visible.

Quand le soleil rencontre la lune, c'est le choc des lumières.

Quand l'Orient rencontre l'Occident, c'est le choc des cultures.

Quand un soldat rencontre son ennemi, c'est le choc des épées.

Quand un adepte rencontre son dieu, c'est la révélation.

## 2.   Choc d'une rencontre

Deux têtes dépassent de la caisse en bois rangée au fond de la grange. Un adolescent d'une quinzaine d'années, crâne rasé avec une natte brune sur l'arrière comme il est d'usage dans la République de Brévor, regarde fixement la porte de la grange en riant d'avance. La natte est la seule concession de sa tutrice Miranda, le rasage intégral étant plus expéditif contre les poux. Cassandre, sa voisine de planque, une métisse aux cheveux bruns, regarde avec tendresse la palette de couleurs de l'iris gauche de son compagnon. Ce que beaucoup considèrent comme une anomalie anatomique de naissance, est pour elle un signe de beauté chez Zéphyr. Le dégradé de couleur sur l'un de ses iris rend son regard unique et perturbant.

Tous deux rient à l'avance de leur plan diabolique. Tout a été méticuleusement préparé. Il ne leur reste plus qu'à profiter du spectacle. Leur euphorie gagne en intensité au fur et à mesure de leur attente, ponctuée par des rires nerveux.

Leur assurance commune perd soudainement de sa verve quand ils entendent le son d'une voix grave approcher de la grange. Ce n'est pas du tout la voix de la victime attendue. Une inquiétude grandissante remplace l'ambiance jusque-là joviale chez les deux adolescents. La grande porte boisée s'entrouvre...

Leurs rires étouffés basculent à l'effroi quand devant eux se dresse Hector, le tuteur de Zéphyr. Le jeune garçon et la fille blêmissent. Une vague de frisson parcoure l'échine de Zéphyr. Les évènements ne se déroulent absolument pas dans la conformité de leur plan initial. Hector a la tête couverte de bouses de vaches. Les déjections bovines ont été récoltées dans deux grands seaux qu'on a méticuleusement attachés et suspendus en équilibre instable sur la porte. Le résultat escompté est parfait. Les seaux sont tombés à l'endroit idéal. Il y a juste une erreur sur la cible. Ce n'est pas la bonne proie.

Derrière un Hector furieux se profile un autre jeune adolescent, Virgile, à la limite de la suffocation tant il ne cesse de rire. Il a vite compris que la victime n'est pas celle planifiée et qu'il a échappé à un odieux et salissant attentat. Il savoure déjà les conséquences de la condamnation sans appel à laquelle s'exposent les deux brigands. Il est prêt à parier que la sentence visera principalement son frère Zéphyr. La jolie Cassandre qui, pour tous, est moralement incapable d'organiser un acte d'une telle barbarie, n'a pu qu'être prise en otage dans cette mésaventure.

- *ZEPHYR !!!!*

Hector hurle avec une telle force que le chat qui dormait tranquillement dans la paille a lui-même vite compris qu'il ne faisait pas bon rester dans les parages. Il décampe sans demander son reste. Zéphyr jure que le félin le regarde avec pitié avant de filer vers des endroits plus calmes dont il garde le secret. Le jeune adolescent observe jalousement l'animal fuir le futur champ de bataille. Zéphyr n'aura pas cette chance. Il est en première ligne de ce qui, après réflexion, ressemblera plus à une exécution sans procès préalable qu'à une bataille. Dans un combat, les deux parties ont au moins une chance.

Hector est un homme massif de grande taille. Son crâne est rasé intégralement, ce qui est, au moins pour moitié, lié à sa calvitie. Ses mains trapues, sa démarche solide démontrent un homme habitué au labeur quotidien qu'exige la tenue de sa ferme.

Il a recueilli Zéphyr avec sa femme Miranda aux décès des parents du garçon alors que celui-ci n'avait que deux ans. Miranda et Hector considère Zéphyr comme leur propre fils sans marquer de différence avec Virgile, leur fils naturel, un an plus jeune. Zéphyr a perdu son père, soldat au service de la République, lors d'une des guerres expansionnistes de l'Etat et sa mère dans l'incendie de leur maison. La solidarité entre voisins est forte dans le bas-pays de Brévor car les fermes et les maisons sont isolées et éloignées des services de la capitale. Lorsqu'Hector a porté assistance pour éteindre l'incendie, il a réussi à sauver le jeune Zéphyr des flammes. Il était hélas trop tard pour sa mère. Miranda et lui-même n'ont pas hésité un instant à adopter Zéphyr.

-       *ZEPHYR !*

Cette fois Zéphyr a l'impression qu'un séisme de magnitude neuf a frappé localement la grange. Avec le fatalisme du condamné à mort, Zéphyr se redresse derrière sa caisse en s'appuyant sur l'épaule de Cassandre pour obliger son amie à rester cachée.

-       *Je... je ... suis désolé papa ...*

-       *TU ES DESOLE ?*

Zéphyr croit réussir à deviner le visage cramoisi de son père à travers les déjections bovines.

-       *Puisque tu as du temps à perdre,* reprend Hector, *et qu'apparemment tu es un spécialiste en bouses de vaches, tu ne reviens pas à la ferme tant que je ne pourrai pas manger sur le plancher du poulailler, que je puisse marcher sans me salir dans l'étable et que le purin soit répandu sur le champ près de la Tumulte. Après tout cela, cela m'étonnerait que tu puisses approcher une bouse de vache avant plusieurs jours.*

-       *Mais papa, c'est impossible en une journée...*

-       *Quel dommage que je ne puisse pas t'aider, mon fils ! Je dois me laver, me changer et surtout ME CALMER !*

Pleinement conscient que toutes négociations additionnelles viendraient alourdir la sentence, Zéphyr baisse la tête sans un mot.

-       *Monsieur Hector !*

Cassandre s'est dégagée tant bien que mal de la poigne de Zéphyr et ne compte pas laisser son ami assumer seul leurs actes.

-       *J'étais avec Zéphyr, monsieur. Il serait normal que je l'aide.*

-       *Bonjour Cassi, ta générosité te perdra. Je te sais incapable d'inventer de telles bêtises. Avec des imbéciles comme Zéphyr, il vaut mieux ne pas leur laisser trop de temps pour réfléchir.   Cela leur laisse trop le loisir d'imaginer les pires âneries. Or plus il travaille, moins il se met à penser. Dans le cas contraire, un jour, quand on lui dira que les cornichons peuvent chanter, il voudra être chef d'orchestre !*

-       *Mais, j'étais avec lui ...*

-       *Je te remercie Cassi, dis bonjour à tes parents en rentrant chez toi.*

Zéphyr, encore penaud de ne pas avoir prévu que Virgile puisse ne pas être le premier à entrer, touche le bras de Cassandre pour qu'elle n'insiste pas. En voyant l'état de son père, il se dit que la sanction certes irrévocable, n'est pas si disproportionnée.

Zéphyr, Virgile et Cassandre se connaissent depuis leur plus jeune âge. Il existe entre eux une fâcheuse émulation à qui inventera les facéties les plus originales. Une fois Hector reparti en direction de la ferme, Virgile s'autorise à entrer, en prenant soin d'éviter les traces du crime au sol. Un large sourire aux lèvres, il frappe son frère dans le dos, loin d'être revanchard.

- Tu arrives en tête du concours avec celle-là, frérot !

En prenant Zéphyr par l'épaule, il continue :

- Allez viens, Zéf, on a du pain sur la planche. Je connais le vieux, si tu n'as pas fini le boulot, il ne va pas vouloir qu'on parte à la pêche demain. Ce ne serait pas drôle si je ne peux pas te montrer encore une fois qui est l'unique et indétrônable champion de la pêche à la truite tumultueuse.

- Non Virgile, je te remercie mais il va le voir si tu m'aides.

- T'inquiète, je le mérite moi aussi. Je vous ai vu installer les seaux. Et quand papa m'a demandé où tu étais, je ne lui ai pas menti. Si tu savais comment je me suis fendu la trogne !

- Vieux sal...

- Hep Zef, pas de grossièretés sinon j'en connais un qui va se taper l'étable tout seul !

Les yeux encore humides de rire, Virgile emmène son frère et les deux saluent Cassandre.

Le soleil est déjà couché quand les deux frères ont fini leur labeur. Leur état n'a rien à envier à celui de leur père une demi-journée plus tôt. Affamés, ils décident tout de même d'aller à la Tumulte pour se laver. Même sous la menace, leur mère Miranda ne les laisserait jamais poser un pied dans la maison dans leur état. La réputation de la tenue de leur ferme fait sa fierté dans le voisinage. A l'intérieur règne l'ordre et la propreté, le tout sous la poigne de fer de Miranda. La vaisselle est impeccable. Les cadres à l'effigie de la République de Brévor sont alignés au cordeau. Il n'y a pas la moindre trace de poussière ni toile d'araignée dans les rideaux. Les vases étincellent le neuf. Le parquet reflète les rayons du soleil.

- Le dernier arrivé est une poule mouillée !

Zéphyr, sûr de son avantage athlétique, nargue son frère.

-       *Le premier arrivé est un bouseux !* Lui répond Virgile.

Pourtant fatigués, les deux compères courent joyeusement, galvanisés par la fin de leur travail. Zéphyr court en tête entre les arbres et se laisse dériver aux sensations de l'instant. L'air frais glisse sur ses joues. Il s'amuse à repérer les différences de fermeté du sol, la souplesse de ses jambes pour mieux anticiper le relief accidenté du terrain. Il soigne sa maîtrise des battements du cœur pour toujours pousser sa course à l'optimum sans jamais dépasser la zone de fatigue. A chaque fois, il renait dans ce genre d'exercice, comme s'il apprenait à chaque fois comment fonctionne son corps. Juste avant l'orée du bois, son pied d'appui s'enfonce dans le sol suffisamment anormalement pour le surprendre. Sa curiosité le pousse à stopper sa course et retourner sur ses pas, se demandant ce sur quoi il a bien pu marcher.

-       *Poule mouillée !* Crie son frère, le premier surpris d'avoir doublé Zéphyr.

Zéphyr ne réagit pas aux fanfaronnades de Virgile et interpelle celui-ci.

-       *Viens voir ! j'ai marché sur quelque chose de bizarre.*

Zéphyr et Virgile inspectent la bordure du bois. Zéphyr fouille de son pied le fossé où le sol lui a semblé inhabituel. Brusquement les deux frères reculent, le visage marqué par la surprise !

-       *Un cadavre ! Zef, c'est un cadavre !*

Zéphyr et Virgile voient pour la première fois de leur vie, un corps inanimé, le visage blême et glacial à moitié recouvert de terre et de feuilles. Ils font deux pas en arrière, guidés par une réaction innée de protection. La première rencontre avec un cadavre est toujours saisissante. Les garçons ont l'impression de voir le visage de la mort en train de les fixer. Regarder un mort en face pour la première fois est terrifiant. Cela rappelle inconsciemment la fragilité de notre propre existence sur terre. L'effroi passé, Zéphyr se rapproche avec précaution. A l'aide d'une branche il retire timidement les feuilles restantes sur le visage d'un homme recouvert de boue.

- *C'est un soldat.*

- *Oui et il n'a pas la tenue des soldats de la République,* lui répond Virgile.

- *Tu crois que c'est un banni ?*

- *Il faut prévenir les gardes de la forteresse,* s'inquiète Virgile.

Virgile et Zéphyr ont déjà entendu parler des bannis mais n'en ont jamais vus. Les deux garçons habitent dans les campagnes proches de la forteresse de Brévor. Aucun affrontement avec les bannis n'a jamais été notifié si proche de la capitale. Les histoires racontent que ce sont des renégats qui veulent renverser le régime en place pour prendre le pouvoir. On dit qu'ils sont sans foi ni loi, formés dès leur plus jeune âge à l'art de la guerre. Ils enlèvent les jeunes enfants pour les conditionner contre le régime de la République et en faire des soldats sans code d'honneur. Du moins, c'est ce que racontent les rumeurs dans les faubourgs de Brévor.

Miranda et Hector, interdisent qu'on prononce le mot banni dans la ferme, arguant que cela ne leur attirerait que des ennuis. Les seules informations que les garçons ont reçues tiennent du bouche-à-oreille d'autres garçons de ferme ou de discussions perçues au marché lorsqu'ils vont vendre les œufs, les légumes et les fruits. Les bannis seraient dirigés par une reine aux pouvoirs surnaturels qui peut vous contraindre d'un seul geste à devenir un esclave au service des renégats. Les bannis vivraient dans un territoire au sud de la République dans les cimes des Monts Glacés. Ce territoire est pourtant réputé hostile à la vie et ses montagnes infranchissables.

Dans tous les cas, la perception populaire qu'ils ont des bannis ne leur présage rien de bon et ravive leur instinct de survie. Les deux frères se concertent et conviennent qu'il ne fait pas bon traîner ici.

C'est à ce moment que l'homme recouvert de boue séchée, se redresse brusquement. Il saisit le bras de Zéphyr. Virgile hurle en faisant un bond en arrière.

- *Lâche-le Zef ! Lâche-le !*

Aucune réponse de Zéphyr. Il est hypnotisé par le soldat. Une seconde… dix secondes qui paraissent une éternité durant laquelle Zéphyr et l'inconnu se regardèrent intensément dans les yeux, surpris l'un comme l'autre par ce qui est en train de se produire. Un changement semble même apparaitre dans l'iris coloré de Zéphyr. Les couleurs de son anomalie génétique ondulent pour très vite se figer de nouveau. Puis plus rien ! L'homme retombe dans l'inconscience. Groggy, Zéphyr se recule et entend son frère.

- *Zef, ça va ?*

- *Oui … je crois …*

- *Qu'est-ce que t'as foutu ? T'es malade ? Il aurait pu te tuer. Pourquoi tu l'as laissé te tenir comme ça ?*

- *Je n'en sais rien … je ne pouvais pas me retirer.*

- *Viens, courons chercher papa. Ne restons pas ici !*

Zéphyr s'écroule sur le sol, inconscient à son tour.

Il existe toujours au moins deux dialectes qui cohabitent dans une République : la communication et la propagande.

La communication est l'action de communiquer, de transmettre des informations.

La propagande est l'action de faire connaître et de faire admettre une idée, une théorie politique.

Quand il s'agit de communiquer en politique, quelle est la différence avec de la propagande ?

## 3.   Magister

La salle du conseil est majestueuse avec son plafond vouté et doré sur lequel dansent les reflets de dizaines de torches. Les murs sont décorés d'un côté de fresques à la gloire de l'élite de la République de Brévor, de l'autre de sculptures des différents Magisters ayant dirigé l'Etat. Au centre, trône une grande table en chêne sculpté et entourée de quinze sièges dont les dossiers sont exagérément hauts pour leurs usages. Onze Commandeurs en redingotes grises attendent. En bout de table une personne est habillée de braies blanches à peine visibles sous un manteau blanc arrivant jusqu'aux genoux et serré par une ceinture d'or. Le Magister est le seul à ne pas montrer son visage, dissimulé sous un masque blanc. L'artifice cache toutes ses émotions. Les traits du visage factice sont placides, ni sévères, ni souriants. Ils dégagent une forme de neutralité sérieuse. Il est donc impossible pour le conseil de présager de l'humeur du Magister, ce qui le rend imprévisible.

-       *Commandeur Carnage : rapport sur la guerre.*

-       *Sur le front Ouest, Magister, nous progressons contre les armées du royaume de Sarroie. Nous approchons de la forteresse de Sarreloch qui ouvre la voie du canyon sans fin au pied de la chaîne des Tranchantes. Là, il faudra établir un camp de base et assiéger la* forteresse qui protège la seule voie traversant les montagnes. Dans un an, nous serons au pied de la capitale.

- Les pertes ?

- Dix mille fantassins, mille archers et quatre cents cavaliers, Magister.

- Chez les officiers ?

- Quarante organiques et cinq cognitifs, Magister.

- Nous perdons trop d'hommes, Commandeur. Le recrutement et la formation n'arrivent pas à suivre.

- Leur formation n'était pas achevée, Magister. On nous donne des novices à peine plus rapides qu'un bouseux des bas quartiers. Je dois exprimer mon inquiétude quant à la qualité du recrutement. Les capacités des derniers organiques sont indignes de soldats de la République. Quant aux cognitifs, à part deviner qu'il va pleuvoir quand ils reçoivent une goutte sur la tête, leur capacité cognitive est juste bonne pour nous signaler que nos hommes sont fatigués alors que je leur demande de galvaniser leur combativité.

- Commandeur Swat ! Vous avez entendu ? rapport sur le recrutement, je vous prie.

- Le dernier recensement sur la République date d'à peine six mois, Magister. Il semble que nous ayons épuisé les potentiels sur tout le territoire. De plus nous notons clairement une baisse de la natalité. Nous soupçonnons les citoyens de se limiter, au moins officiellement à un enfant pour ne pas tomber sous la loi de réquisition pour la République.

Cette loi, établie par le Magister lui-même, stipule que pour toute famille ayant au moins deux garçons, un des membres de la fratrie, choisi par un recruteur de la République au cours d'un recensement, doit partir au service de l'armée à sa dix-septième année pour un service minimum de dix ans. Les aptitudes pressenties chez le jeune garçon définissent son orientation militaire. Si aucune aptitude sensorielle n'est pressentie chez le jeune homme, il sera orienté chez les fantassins, archers ou cavaliers. Si le recruteur perçoit une aptitude sensorielle, il entrera en formation dans une des trois écoles de l'art. Elles enseignent les trois arts : l'art organique, l'art cognitif et l'art kinesthésique.

L'art organique est destiné aux sujets ayant une sensibilité à maîtriser et influencer leur fonctionnement corporel. Le fonctionnement du corps, de ses organes, des fluides, des énergies n'a aucun secret pour eux. On y forme les futurs soldats d'élites, officiers de la République.

L'art cognitif est dispensé aux sujets ayant une sensibilité à la perception d'autrui pouvant influencer les comportements, pressentir les émotions ou les réactions. Ils peuvent interagir sur ce que les autres perçoivent. On y forme les recruteurs, les stratèges, les communicateurs et les soigneurs.

Enfin, l'art kinesthésique est enseigné aux sujets ayant une perception sensorielle accrue de l'espace et de l'objet, capables d'entrer en symbiose avec les radiations des éléments naturels. On y trouve des architectes, créateurs, alchimistes, prospecteurs capables de repérer des gisements d'or, de pierres précieuses ou de détecter les sources d'eau tout simplement.

Chaque art a son école où l'on forme les Aspirants de la République, détectés lors du recrutement. Après trois ans, les aspirants achèvent leur formation pour être promus Garants de la République et sont affectés dans un des corps de l'Etat.

Les écoles sélectionnent ensuite chaque année parmi ses Garants affichant les meilleurs résultats et aptitudes, un contingent d'excellence de quatre ou cinq individus pour l'académie des Commandeurs, futurs dirigeants de la République.

Siègent autour de la table du conseil deux Commandeurs par école et les ministres nommés par le

Magister. Celui-ci reste en place à vie. Au décès d'un Magister, chaque école d'art propose un Commandeur. Les trois élus se retirent à huit clos. La délibération entre les trois élus suit une règle très simple : un seul doit sortir Magister ! Les deux restants acceptent dans la théorie un poste d'état éloigné de la capitale, une forme d'exil dans l'anonymat. Parfois, ils accèdent tout de même à des postes prestigieux, signe d'un arrangement. Dans l'usage, le conseil ne pose jamais de questions sur ce que sont devenus les deux autres, s'ils ne sortent pas. Le dernier vainqueur est sorti masqué, de manière à ce que son art de prédilection ne soit pas dévoilé. Il en est d'autant plus craint que tant qu'il dissimule son art, la meilleure manière de l'atteindre reste inconnue. En effet toutes les écoles connaissent les points faibles des autres arts mais faire erreur sur les prédispositions de son adversaire peut s'avérer fatal.

Le Magister s'emporte :

- *Comment cela, ils se limitent à une seule descendance ? Je ne crois pas que tout un pays s'est arrêté de forniquer. Les herbes contraceptives de grand-mères n'ont jamais eu un succès garanti. De plus, qui fait tourner les fermes, les moulins, les forges et les ateliers, si tel était le cas. Envoyez vos recruteurs et relancez un recrutement. Trouvez ce qui se trame derrière votre histoire. Pouvez-vous ouvrir le recrutement sur les territoires annexés ?*

- *Oui Magister mais la question n'est plus de ma compétence. Quelle fiabilité aura notre formation sur des sujets issus de peuples récemment annexés ? Au mieux, nos armées perdront la discipline qui fait son succès. Au pire, nous risquons d'introduire dans nos rangs des opposants au régime de Brévor, rebelles potentiels.*

- *Commandeur Sono, vous êtes Commandeur de la communication, quel est votre avis ?*

-       *Si vous nous confiez les jeunes recrues pendant quelques mois sans regard sur les pertes, nous pouvons en faire des fanatiques de la République, Magister*

-       *Même parmi les peuplades annexées ?*

-       *Croyez-moi, Magister. Confiez-les-nous. Ils seront les plus fidèles et les plus disciplinés de nos hommes, si toutefois ils survivent à notre formation intensive.*

-       *Très Bien commandeur Sono, j'en sais assez. Commandeur des arts ! Faites-moi une formation accélérée destinée à maîtriser le minimum requis pour un guerrier. Occultez l'enseignement de soigneurs et autres fantaisies accessoires. Ne gardez que les éléments les plus prometteurs pour une formation complète. Nous devons conquérir le territoire Ouest au plus vite !*

Un cognitif de la garde Républicaine recruté parmi les meilleurs officiers, s'approche du Magister et lui parle à l'oreille. Le Magister acquiesce. La porte de la salle du conseil s'ouvre alors. Un homme en tunique grise entre.

-       *Commandeur Rives, nous vous attendions !*

-       *Salutations Magister,* dit-il, en faisant la révérence adéquate avant de s'asseoir sur le siège qui lui revient.

-       *Nous arrivions justement sur les questions de sécurité intérieure de la République. Qu'avez-vous à nous dire ?*

-       *Rien qui ne mérite d'ennuyer le conseil, Magister.*

-       *Rien ? C'est étrange car des rumeurs me rapportent qu'un banni s'est introduit dans la forteresse.*

-       *Encore une fois, Magister, pourquoi vous encombrer de détails de gestion interne puisque le fugitif est mort.*

-       *Fugitif ? Parce qu'il a réussi à s'introduire et à sortir de l'endroit le plus sécurisé de la République ?*

-       *Certes… mais… l'enquête est en cours pour combler les failles. Le problème étant réglé… je considère que je ne devais pas vous..., importuner, Magister. Vous avez certainement d'autres préoccupations plus importantes.*

Le Commandeur perd de sa belle assurance. Ses réponses évasives et fuyantes sont presque un aveu de culpabilité. Il s'est laissé avoir comme un novice. Il ne s'attendait pas à un tel inquisitoire du Magister. Visiblement, ce dernier en sait plus qu'il n'en dit. Acculé devant les questions incisives du Magister, le Commandeur cherche une échappatoire.

- *Les premiers éléments de l'enquête montrent ... une défaillance de mon disciple ... qui n'a su contraindre le fugitif... Il subira les conséquences de son incompétence, soyez-en sûr.*

Le Commandeur tente, tout en s'expliquant maladroitement, de retrouver une certaine assurance, qui, aux yeux de tous les membres du conseil sonne lamentablement fausse.

Sur cette dernière phrase, le Magister fait un signe de tête à l'officier de garde. La communication silencieuse entre le Magister et son homme de confiance sème le trouble chez le Commandeur de la sécurité intérieure.

- *Un conseil, Commandeur Rives*, continue le Magister, *arrêtez cette enquête ! Surtout ne gâchez pas votre énergie dans des investigations stériles. Elles ne me seront d'aucune utilité. Une pure perte de temps... comme cette discussion d'ailleurs...*

Sans que le Commandeur Rives ne puisse réagir, l'officier de garde lui plante une dague dans la main, fixant celle-ci sur l'accoudoir. Contrairement aux organiques, un cognitif n'est pas rompu à ignorer la douleur. Celle-ci annihile toutes ses capacités de concentration et de défense cérébrale. Les cognitifs ne sont redoutables que s'ils peuvent se concentrer en toute sécurité. Ce sont des combattants à distance. Alors et seulement alors, ils peuvent réduire leur adversaire à l'état de légume.

- Vous avez échoué, mon cher Rives, lamentablement échoué. Je ne peux tolérer un tel amateurisme dans le conseil. Non seulement, un banni s'est introduit dans mes appartements pour consulter mes archives, mais en est ressorti, bernant par la même occasion tous vos services de protection. Il ne doit sa blessure qu'à l'action patriotique d'un garde d'élite républicain qui, au passage, y a laissé la vie. Pour clôturer le chapitre, il s'est enfui devant votre propre nez mettant en exergue votre incompétence que vous camouflez derrière un détestable mensonge car il s'agit bien de votre propre incompétence et non celle de votre disciple.

L'incrédulité qui se lit sur le visage de Rives surpasse les expressions de douleurs qu'on pouvait voir jusque-là. Comment pouvait-il tout savoir ? Son disciple ? Impossible. Il n'a aucun contact avec les membres du conseil… alors comment connait-il la vérité ?

- S'il ne s'agissait que de votre incompétence, la peine de mort vous aurait été gracieusement accordée. Pour le mensonge ce sera la disgrâce. Je hais ceux qui n'assument pas leur responsabilité alors qu'ils ont accepté de partager avec moi le poids de la gestion de la République. Je vais donc vous laisser le temps de réfléchir à votre conduite et à votre piètre courage. Emmenez-le et énucléez-le pour le conduire dans les mines de Gorgone. Il servira d'amusement pour les mineurs.

Retirer les yeux d'un cognitif revient à le priver de son art. Les organes oculaires étant un des vecteurs principaux pour contraindre, influencer et convaincre. Un bannissement dans les mines de Gorgone avec cette infirmité s'assimile à une condamnation pour une mort lente avec au préalable les sévices les plus avilissants de la part des habitants des fonds souterrains. L'homme est emmené, hurlant de tout son saoul, par les gardes.

Le Magister se tourne vers le conseil et savoure son coup de théâtre. Il admire avec délice les visages inquiets de ses ministres. Tous sont en train de se projeter dans le destin réservé à leur confrère. Que leur arriverait–il en cas d'échec dans leurs missions respectives ? Le Magister se délecte à faire parfois des piqures de rappel sur la notion d'efficacité quand on est élu au conseil. Rien de tel pour redynamiser ses ministres. Une fois le calme revenu dans la salle du conseil, le Magister s'adresse aux Commandeurs de l'art Cognitif.

- *Commandeur Linch : félicitations, vous êtes nommé Commandeur de la sécurité intérieure. Votre première mission est de retrouver par tous les moyens le Commandeur banni. Il ne doit pas pouvoir rejoindre le rang des rebelles. Même un rat ne doit pas être ne mesure de franchir la route vers les cimes des Monts Glacés. Mettez nos meilleurs pisteurs sur le coup, fouillez-moi chaque ferme, interrogez qui vous voulez avec les moyens que vous voulez mais retrouvez-moi ce fugitif, mort ou vif. Est-ce bien clair ?*

- *Très clair, Magister. Merci de votre confiance.*

- *Commandeur Carnage, le drapeau de la République doit flotter au plus vite sur la capitale de Sarroie. Vous figerez alors les positions et délesterez une partie de nos forces pour rayer les bannis du sud de la République. Commandeurs des écoles, formez dans les plus brefs délais un bataillon d'initiés pour les besoins militaires de la République que le Commandeur Sono fidélisera à nos valeurs patriotiques.*

Après la discussion punitive sur Rives, l'atmosphère est naturellement devenue plus pesante au sein du conseil. Le Magister vient de rappeler non seulement ce qu'il attend de chacun mais surtout son exigence dans l'obtention du résultat. Personne ne s'aventure à discuter les derniers ordres du Magister. Tous saluent, de manière très protocolaire et en silence, l'homme masqué et quittent le conseil.

L'espoir revêt les formes les plus diverses.

Pour l'aveugle, ce sera la lumière.

Pour le croyant, ce sera la foi.

Pour le soldat, ce sera les renforts.

Pour une mère, ce sera la confiance.

# 4.  La foi

Le moine habituellement si serein dans l'art de soigner les gens, répète avec nervosité les mêmes gestes. Il transpire, se demandant à quel moment il s'est trompé dans son protocole de diagnostic. Il est désemparé par les informations que lui renvoie le corps de son patient.

-       *Je ne comprends pas,* dit le moine. *C'est comme s'il vivait au ralenti mais un ralenti qui d'après mes connaissances de la nature humaine, ne devrait pas permettre de survivre. Son état reste figé dans en équilibre instable entre la vie et la mort.*

Miranda et Hector sont allés chercher le moine à l'abbaye du Bas–Brévor. Ces hommes de prière sont les seuls autour de la capitale à dispenser gracieusement des soins aux citoyens locaux. Recourir aux conseils d'un soigneur de l'académie est possible mais trop onéreux pour les deux fermiers. Les moines soignent grâce aux plantes locales avec des potions issues de leurs fabrications artisanales. Ils n'ont pas les capacités réparatrices cérébrales d'un cognitif de la République mais peuvent néanmoins mener un bilan fiable sur un malade.

-       *Ce dont il souffre dépasse mes compétences. Je n'ai jamais rencontré un rythme cardiaque aussi faible. Je sens à des intervalles très espacés un battement de cœur. Ils sont si espacés que je crois à chaque fois que c'est le dernier. Et pourtant un nouveau battement est perceptible après… une dizaine de secondes. Je ne veux pas vous inquiéter mais sa température corporelle est quasi cadavérique. Ses pupilles ne montrent aucune réaction aux stimuli. Son corps ne réagit à aucune sollicitation. Tout laisse à croire que son corps se contente de maintenir en vie les organes mais ….*

Le moine marque un temps d'arrêt et regarde Hector et Miranda avant de terminer sa phrase. Il craint que ce qu'il s'apprête à dire, puisse anéantir les parents. Il vérifie au préalable s'il peut continuer son explication et surtout s'il a fait preuve de suffisamment d'empathie pour accompagner les parents dans le deuil à venir.

-       *… sans personne à bord, sans âme,* conclut-il.

Il s'apprête à consoler Hector et Miranda ou à minima être submergé de questions sur l'état jeune homme. Que veut dire fonctionner sans personne à bord et sans âme ? Comment cela se soigne-t-il ? Va-t-il mourir ? Mais à son plus grand étonnement, les parents ne lui posent aucune question. Hector et Miranda se contentent de se regarder mutuellement. Ils sont visiblement inquiets mais pas comme on peut l'être devant l'inconnu. Le moine se sent même obligé d'exprimer sa compassion devant ce silence prolongé.

-       *Je suis désolé,* ajoute le moine. *S'il ne se réveille pas, il va mourir de déshydratation. Il vous faudrait un vrai soigneur pour comprendre ce qui lui arrive. La seule aide que je puisse vous proposer est de prier avec vous.*

Sur les derniers mots du moine, le visage d'Hector se raffermit de détermination. Sa décision est prise. Il n'a besoin d'aucune autre explication de la part du moine et se contente de regarder son épouse. Ils se comprennent sans s'adresser la moindre parole.

-       *C'est un cas d'urgence,* dit Hector.

Miranda, sans ajouter un mot, acquiesce de la tête.

- *Je pense qu'il me faudra cinq jours. Je pars immédiatement. Il n'y a pas un instant à perdre. C'est une course contre le temps pour sauver Zéphyr. Hydrate-le de ton mieux. Je vais d'abord demander de l'aide à Jalbert. Lui seul, peut me faciliter le voyage.*

Il quitte la chambre de Zéphyr et part dans la chambre parentale. Il pousse une lourde armoire en bois massif, adossée au mur. Il sort un couteau de sa veste et soulève les planches cachées initialement par l'armoire. Il les retire une à une, démontant le parquet. Quelques marches en pierre apparaissent, menant à une cave en terre battue. Il prend une des torches accrochées au mur qu'il va allumer dans le foyer de la pièce principale. Une fois descendu dans la cave, il accroche la torche et ouvre une vieille malle. Il déplie une tenue qui n'a rien d'usuelle pour un fermier. Il l'enfile. Au fond de la malle, il effleure amoureusement une superbe hache à double tranchant.

- *Je dois te laisser ma belle. Cette fois, je compte sur la rapidité de mes jambes et non sur ton acier effilé.*

Il prend deux dagues qui attendent depuis plus de quinze ans au fond de cette malle. Il les range dans deux fourreaux, cousus à même sa brigandine qu'il tente d'ajuster au mieux.

Miranda arrive alors dans la chambre et observe l'homme habillé en noir en face d'elle. Un guerrier imposant et intimidant a remplacé le fermier.

- *C'est un peu rétréci avec le temps,* dit-il en souriant à sa femme.

- *Tu as raison,* répond-elle souriante avec les yeux brillant d'une femme toujours amoureuse après tant d'années. *Elle a dû rétrécir… Et pourtant, tu es toujours aussi beau et impressionnant dans cette tenue !*

Son visage est radieux devant le guerrier. Manifestement, cette tenue d'antan réveille en elle des souvenirs depuis trop longtemps effacés mais des plus agréables.

- *Rappelle-moi à ton retour de te demander un nouvel essayage, mon beau soldat. Mes sens en sont tout émoustillés.*

Hector sourit et s'approche de sa femme. Il embrasse son épouse d'un baiser que seuls les amoureux ayant passés de longues années ensemble sont capables de faire. Il est doux, respectueux, plein de compassion et remerciement, le tout sans un mot. Il s'écarte, sourit et part en hâte. Il ne manque pas de remercier le moine au passage. Ce dernier reste incrédule devant le départ précipité du fermier et de sa transformation vestimentaire. Il interroge, perplexe, Miranda.

- *Où est-il parti ?*

- *Prier notre déesse,* répond la femme.

- *Déguisé en guerrier ?*

- *Notre déesse est elle-même un peu guerrière,* répond-elle en observant son mari s'éloigner de la ferme.

- *Vous savez ce dont souffre votre fils, n'est-ce pas ?*

Miranda tourne alors le regard vers le moine. Elle regarde ce saint homme, penaud de n'avoir su aider leur fils et attristé de devoir leur annoncer à se préparer au pire. Comment lui dire qu'ils connaissent le mal qui ronge Zéphyr, sans trahir leur secret ?

- *Vous ne devez pas vous en vouloir... Votre science de la médecine ne peut rien pour notre fils. Je ne peux vous en dire plus si ce n'est que vous aviez raison. Il ne nous reste qu'à prier.*

- *Puissent mon dieu et votre guerrière aider votre fils à traverser cette épreuve.*

- Qu'ils vous entendent ! Mais je crains que seul mon fils ait les clés de sa guérison. Il doit réussir à retrouver son âme !

L'amitié ne se mesure pas en années.
Elle se mesure dans l'adversité.
Plus forte puisse être l'adversité,
Plus restreint sera votre nombre d'amis,
Mais ils seront éternels.

# 5.   Un ami

Hector court vers le faubourg à une heure de marche sans perdre un instant. Il n'a certes pas le profil d'un coursier de la République mais assure avec une surprenante aisance la distance. S'il n'était rongé par l'inquiétude, il apprécierait pleinement l'exercice salutaire pour réduire son léger excédent pondéral. Léger n'est pas le qualificatif généralement utilisé par Miranda. Après sa course ininterrompue, Hector entrevoit les limites du faubourg de Brévor. Il marche pour reprendre son souffle et retrouver une attitude quelconque. Il est vital qu'il ne se fasse pas remarquer.

Passées les premières maisons, il voit les échoppes bon marché dont la première préoccupation n'est pas d'attirer le client mais plutôt de défendre leurs marchandises. Le service de ramassage des ordures n'est pas encore une prestation d'usage dans cette partie de la ville. Le quartier jure avec la vision de la majestueuse forteresse de la République qui trône plus haut. Une première rangée de remparts de dix mètres, agrémentée de tours de défense du double de la hauteur des murs sépare les deux mondes. Ces remparts sont construits en surplomb renforçant l'inviolabilité en cas de siège. On devine au-delà des remparts, le haut de la seconde puis troisième rangée de murailles avant d'entrer dans le cœur de la forteresse, siège de la République. Entre la première et seconde rangée, c'est une ville entière où les bâtisses et les magasins sont d'un autre calibre. Intra-muros, le luxe et l'ostentatoire sont de prime. Aux échoppes insalubres des faubourgs, s'opposent les établissements avec des terrasses fleuries réchauffées par des braséros. Les maisons à colombages créent un arc en ciel de couleur dans les rues pavées qui font oublier les miteuses demeures grisées par la terre de l'autre côté des remparts. De nombreux édifices semblent vouloir rivaliser entre eux pour savoir qui arbore le plus haut clocher, la plus belle fresque, les vitraux les plus étincelants.

Sans franchir le mur entre ces deux mondes, Hector poursuit sa marche dans les artères du faubourg extérieur. La situation et la tenue des étals s'améliorent doucement au fur et à mesure de sa progression dans la ville. Mieux achalandées sans pourtant tomber dans la prétention, les devantures s'adressent à une clientèle plus aisée. Il ralentit ses pas pour entrer dans la peau du mercenaire à la recherche d'un établissement pour se détendre. Hector entre dans une taverne en haut du porche de laquelle on peut lire « au retour du faucon ». Un blason représente le rapace tenant dans ses serres un œil.

L'ambiance est feutrée, à peine enfumée. Plusieurs tables sont occupées par une clientèle de mercenaires indépendants qui vendent leurs services à des nobles ou riches artisans soucieux de protéger leurs activités. Hector repère deux coursiers, suffisamment pressés pour avaler leur repas à une vitesse qui va incontestablement faire gronder leur estomac plus tard. Leur paye dépend de la rapidité d'exécution de leur course. Au comptoir, les clients ressemblent plus à des marchands ou des artisans venus prendre une pause autour d'un verre ou négocier une affaire. Il n'y a aucun signe de soldats de la République. L'établissement ne doit pas faire partie de leurs habitudes préférentielles.

Le tavernier regarde le nouvel arrivant d'un œil méfiant et adresse un mot à son colosse en discussion au comptoir. Ce dernier, crâne rasé et queue de cheval bien tenue, se lève et se dirige vers Hector, le surpassant d'une tête en taille et de deux en largeur. Hector qui est déjà considéré comme un homme bien bâti et peu impressionnable, ne peut s'empêcher de regarder avec respect ce garant de l'ordre. En décalage avec sa stature de brute, le vigile s'adresse très posément à Hector.

- *Les tables sont réservées à la clientèle habituelle. Si vous avez de quoi payer vous pouvez vous installer au comptoir pour consommer. Dans le cas contraire, je vous demande de quitter l'établissement.*

- *Je veux simplement m'adresser au pèlerin,* lui répond Hector.

Perdant son semblant de politesse, le colosse affiche un large sourire.

- *J'avoue que j'espérais vraiment que tu me répondes un truc dans le genre et que tu ne sois pas venu consommer. Je commençais à me rouiller sérieusement.*

Il fait rouler ses bras tatoués dépassant d'un pourpoint en cuir brun et poursuit sans aucune retenue cette fois :

- *Ecoute, sac à merde, tu vas sortir gentiment ou je garde tes dents en souvenir et je sors le reste.*

Sans perdre son calme, Hector regarde le videur et répond :

- *Laissez-moi m'adresser une minute au ...*

Sans autre préavis, le colosse étend sa droite vers le visage d'Hector. Avec une vivacité surprenante, Hector évite le crochet en pivotant sur la droite, attrape le bras tendu du gardien et prolonge la lancée de son agresseur. Il le force à se courber en passant son bras droit dans le dos massif du cogneur et remonte son genou gauche en plein dans le foie. La brute s'écrase au sol, gémissant et ne réalisant toujours pas qu'il ait pu manquer sa cible.

Sans attendre Hector se dirige vers le comptoir, alors que tous les regards des clients sont tournés vers lui. Le tavernier sort de sous le comptoir une masse d'arme renforcée de pointes.

- *Du calme, je souhaite simplement parler au pèlerin.*

L'expression de colère du tavernier se transforme immédiatement en surprise. Il interroge Hector :

- *Quelle est la nourriture du pèlerin ?*

- *La vérité.*

Vieux briscard habitué au secret, le tavernier se ressaisit immédiatement, pose son arme, frappe discrètement sur un tuyau derrière lui et contourne le comptoir pour faire une ostensible accolade à Hector, afin de clôturer le plus naturellement l'incident devant sa clientèle. Il parle très fortement en s'adressant plus aux clients qu'à Hector, sur un ton jovial :

- *Vieux brigand ! Je ne t'avais pas reconnu ! Mais c'est mon ancien videur qui revient nous rendre visite. Tu es le premier à allonger Barrique depuis qu'il travaille ici. J'ai toujours eu du flair pour recruter les meilleurs. Tiens justement, voilà qu'il se relève ! Eh ! Barrique ! Sans rancune... tu ne pouvais pas le savoir: c'est mon ami Baril ! Tournée générale pour le désagrément ... Barrique tu t'en occupes...*

Ne souhaitant pas poursuivre la comédie plus longtemps ni étendre l'explication pour Barrique, à l'évidence trop cruellement vexé, le tavernier prend le bras d'Hector.

- *Viens, suis-moi, viens saluer la Patronne et nous raconter ton voyage.*

Du pied, il exerce une pression sur une pierre du mur. La pierre s'enfonce de quelques millimètres. Au même instant s'ouvre une arrière-porte finement dissimulée dans le mur. Une fois le passage refermé, le tavernier perd immédiatement sa fausse jovialité et guide Hector devant un escalier.

- *Barrique, Baril, vous n'avez pas fait dans l'originalité !* Lui rétorque Hector.

- *C'est une déformation professionnelle. Il a bien fallu que j'improvise ! Et pour les clients qui me connaissent, Baril sonne très bien comme surnom pour un ancien gardien.*

Hector s'apprête à suivre le tavernier quand celui-ci l'arrête d'une main.

- *Pose tes pieds sur les mêmes marches que moi si tu ne veux pas avoir des moignons à la place des bottes.*

Sans poser de questions Hector acquiesce et singe les pas de son guide. A l'étage, les deux hommes débouchent sur un couloir peu éclairé et s'arrêtent devant une armoire. Le gérant sort une clé, et ouvre le meuble. Surpris, Hector découvre un autre escalier en haut duquel il devine un corridor à quatre portes.

- *Deuxième porte à droite. Ne te trompe pas ! Je dois vérifier s'il n'y avait pas d'yeux indiscrets en bas qui n'auraient pas cru à mon histoire.*

Il laisse Hector dans le corridor, sans lui laisser le temps de répondre.

Hector semble inquiet avant de frapper à la porte désignée. Il s'exécute. Pas de réponse. Il ouvre la porte et pénètre dans la pièce. A peine a-t-il fait deux pas après le seuil de la porte qu'il sent le contact glacé d'une lame lui piquant le cou.

- *Quelle est la nourriture du pèlerin ?* Lui somme une voix dans son dos.

- *La vérité.*

- *Qui lui apportera la vérité ?*

- *Le fruit de l'ivoire et de l'ébène.*

- *Salut Hector, t'as grossi !* Lui répond alors la voix dans son dos.

Avec la même vivacité dont il a fait preuve lors son accueil chaleureux dans la taverne, Hector effectue une rotation en pliant un genou et étendant l'autre jambe. Il espère surprendre et faire trébucher sa mystérieuse connaissance. Finalement il se retrouve un peu idiot devant une porte ... sans personne devant.

- *Beau pas de gymnastique, mon gros !* Relance la voix au-dessus de sa tête.

Hector voit alors un homme svelte, petit, cheveux courts grisonnants perché par les jambes sur une barre accrochée au plafond, la tête en bas.

- *Jalbert ! Pourquoi cette mise en scène ? Tu as pourtant senti que c'était moi.*

- *Oui, c'est vrai... bien que j'aie eu un doute car j'ai senti une personne plus large d'au moins vingt kilos que dans mon souvenir,* dit-il d'un air affectivement narquois en se décrochant d'une pirouette. *J'ai surtout voulu te prouver qu'un cognitif serait toujours plus futé qu'un ignare organique,* ajoute-t-il une fois au sol.

En regardant le visage de son ami, frère d'arme qu'il n'a pas vu depuis quinze ans, il perd son air moqueur et serre Hector dans ses bras.

- *Hector, tu m'as manqué, vieil ours !*

- *Toi aussi, rachitique moineau.*

Hector, se desserre de l'étreinte de son ami, et d'un geste trop rapide pour Jalbert, lui assène une frappe sur la tête.

- *Comment ça tu m'as à peine reconnu, moustique ? J'ai à peine pris dix-huit kilos et non vingt et c'est pour les besoins de ma mission. Je suis devenu fermier, je te rappelle.*

Tout aussi rapidement, il lui saisit le nez en le pinçant
:

- *Le problème avec les cognitifs c'est qu'ils réfléchissent trop !*

Considérant douloureusement le geste de son ami comme une marque amicale de leurs retrouvailles, Jalbert se frotte la tête et le nez. Ils rient tous les deux. Après ce bref relâchement de tensions et d'émotions, le côté professionnel d'élite du cognitif reprend le dessus.

- *Si tu es venu me voir,* reprend Jalbert, *c'est qu'il y a urgence !*

Il se concentre un instant, l'air absent, puis reprend :

- *Tu peux parler sans crainte.*

Hector saisit immédiatement l'invitation :

- *C'est Zéphyr !*

Le nom du fils adoptif d'Hector assombrit le visage de Jalbert.

- *Que lui est-il arrivé ?*

- *Il a été en contact avec un initié de la Famille et depuis il a sombré dans l'inconscience. Bien sûr le guérisseur ne comprend pas, mais en tant que Commandeur organique je sais qu'il est en léthargie de protection.*

- *Si jeune ? C'est possible ?*

- *Je ne le pensais pas il y a encore quelques heures. Seuls les Commandeurs maîtrisent cette technique et encore... J'ai réussi ma première léthargie à l'âge de trente-cinq ans, en étant le meilleur de ma promotion de Commandeurs et ce après deux ans de théorie. Zéphyr ne sait même pas ce qu'est un organique et va avoir à peine seize ans. Je ne sais pas combien de temps il peut tenir. Miranda reste à son chevet. Je ne connais pas les conséquences d'une léthargie protectrice sur un garçon* aussi inexpérimenté que lui. Je suis un organique et un bon je crois. Je l'ai élevé. J'étais à son contact tous les jours. Il ne s'est rien passé pendant toutes ces années. Zéphyr n'avait jamais éveillé jusqu'alors son pouvoir organique. Je ne l'ai préparé en rien pour le protéger. C'est peut-être ce qui va provoquer sa perte.

-        D'après ce que je connais de la léthargie des organiques, le plus dur est d'en sortir, n'est-ce pas ?

-        J'ai donc besoin du meilleur cognitif pour le sonder. Je te laisse imaginer ce qu'un novice organique doit ressentir, enfermé dans sa léthargie. L'histoire ne lui laisse aucune chance d'en sortir. Il faut l'aider.

-        Et tu veux que j'aille le voir !

-        Non pas toi, sinon tu risques de mettre ta couverture en péril. Or nous avons trop besoin de toi ici. Et puis, soyons honnêtes, ni toi ni moi ne savons ce qui se passe. Nos actes pourraient avoir des conséquences irrémédiables sur Zéphyr. Ne le prends pas mal mais tu utilises tes dons surtout pour le renseignement, l'infiltration et le combat. Je voudrais plus un cognitif guérisseur lié à notre cause. J'avais pour instruction de ne jamais reprendre contact avec la Famille sauf si la vie de l'œil était en danger. J'ai besoin que tu contactes la Famille au plus vite pour avoir de l'aide.

-        Qu'en pense Miranda ?

-        Ça la dépasse aussi.

-        Comment va-t-elle ?

-        Elle est merveilleuse. C'est la femme de ma vie. Nous ne regrettons rien. Sans elle à mes côtés, je n'aurais pas tenu toutes ces années. Mais elle sait que l'échéance approche.

-        Que proposes-tu ?

-        Je dois y aller. Je pense être capable de faire le trajet en deux ou trois jours sans m'arrêter.

- Tu en es sûr ? Vingt jours de marche ... tu peux y arriver en trois jours ?

- Non plutôt deux mais j'ai besoin que ton réseau me libère le chemin pour que je n'ai pas à me soucier de l'intendance ni du nombre de soldats de la République.

Pendant quelques secondes, Jalbert est pensif puis demande :

- Tu penses pouvoir emprunter la route des crêtes et le pic de Dante ?

- C'était mon intention. Plus dangereux mais plus rapide.

- Alors oui, je peux t'ouvrir la voie. Mais il faut que tu acceptes une condition.

- Des conditions entre nous, Jal ?

- Une seule : je dois te sonder.

- ME SONDER ? mais tu connais tout de moi.

- Je n'ai pas besoin de te connaitre, imbécile. Pour cela il suffit que j'observe un ours grognon en sortie d'hibernation. Non ! je dois te marquer pour que mes agents puissent te repérer. Ils ne te connaissent pas eux.

- Cela consiste en quoi ce marquage, répond méfiant, Hector ?

- Ne t'inquiète pas ! Je n'abimerai pas ta belle gueule mal rasée. Je vais légèrement ralentir le processus de tes glandes exocrines, tout en ne perturbant pas tes capacités pour la course et par la même modifier ton empreinte thermique corporelle. Ta régulation de température sera affectée et peut rendre certaines perceptions comme la chaleur désagréable. Mais ce sera un jeu d'enfant pour un organique comme toi d'en faire abstraction.

- En clair ?

- Aux yeux de mes agents tu brilleras comme un phare.

-       *Et aux yeux de ceux pour qui je dois passer inaperçu ?*

-       *Comme quelqu'un ayant un peu de fièvre ou comme quelqu'un, rouge cramoisi à force de courir pour espérer corriger son embonpoint.*

Ne relevant même pas le sarcasme, Hector continue son questionnement.

-       *C'est définitif ?*

Il faut dire qu'Hector a déjà vu à l'œuvre son ami dans des circonstances moins amicales.

-       *Absolument pas. Au contraire, mon stimulus n'aura qu'un effet temporaire. Je pense qu'il pourra tenir les deux jours qu'il te faut. Une fois là-bas tu trouveras peut-être un cognitif qui acceptera, comme moi, ton sale caractère et qui voudra t'aider pour le retour.*


-       *Vas-y Jal !*

Le courage c'est de passer d'épreuves en épreuves tout en restant debout. Le courage c'est de transformer l'échec en un succès d'apprentissage. Si le courage était une personne, ce serait une mère.

# 6.   Courage

Voilà deux jours qu'Hector est parti. Miranda hydrate de son mieux son fils avec des serviettes humides. Elle le fait régulièrement changer de position dans son lit. Elle attend, anxieuse au chevet du garçon. Elle lui caresse la tête, comme pour l'encourager et lui donner des signes extérieurs auxquels se raccrocher dans sa lutte pour sortir de sa prison fictive. Elle n'a pas dormi depuis le départ d'Hector, restant en permanence à proximité de son fils. Elle lui parle et espère de tout son cœur qu'il entend sa voix. Malgré toutes ces attentions, Zéphyr ne montre pas le moindre signe d'activités.

Pendant ce temps, Virgile redouble d'efforts pour s'occuper des tâches incontournables de la ferme. Cette surcharge d'activités lui évite de penser à son frère d'autant que sa mère lui a fait jurer sans qu'il n'ait d'autres explications de ne parler à personne de l'état de Zéphyr. Virgile s'inquiète. Pourquoi faire tant de secrets autour de l'état de Zef ? Pourquoi au contraire ne pas le crier à tous nos voisins dans l'espoir de trouver quelqu'un qui pourra apporter son aide ? Et pourquoi son père est-il parti si loin en secret chercher cette aide ? Où est-il allé ? Sa mère ne veut rien lui dire ! Trop de questions se bousculent dans la tête de Virgile. Il sent bien que le mystère autour de l'inconscience de Zéphyr n'est pas naturel.

Au bord de l'épuisement, Miranda quitte la chambre de Virgile et Zéphyr pour aller manger un morceau de pain et de lard séché. Elle sort avec son encas sur le palier de la ferme pour profiter des rayons du soleil. Elle a besoin de s'oxygéner tant elle ressasse la même pensée depuis deux jours. Et si elle essayait … ? Son instinct de mère la pousse à tout tenter pour stimuler le réveil de son fils. Peut-être retrouvera-t-elle Zéphyr si elle s'invite dans le monde où il s'est enfermé. Elle souffre en voyant son fils, l'imaginant seul, isolé cherchant ses repères.

Elle connait la théorie des techniques de léthargie. Dans certaines situations, un organique peut s'enfermer dans une sorte d'hibernation où il annihile ses perceptions sensorielles. Il se déconnecte totalement de son système nerveux. Son esprit maintient un lien très faible et fragile avec le cœur dont les pulsations deviennent quasi imperceptibles. Cette technique est enseignée chez les Commandeurs pour résister à la torture, ou survivre à de graves blessures en limitant au maximum leur afflux sanguin. On raconte même à l'académie des organiques l'histoire d'un Commandeur espion qui est parvenu à s'enfuir d'une geôle ennemie en se faisant passer pour mort.

Elle est cependant utilisée par de rares Commandeurs car extrêmement dangereuse. Les organiques s'ils connaissent la théorie de l'exercice, n'ont le droit qu'à un essai en pratique. Les cas d'organiques ne sortant pas de l'état léthargique ne sont pas rares. Or dès le premier essai, sans trop savoir ce qui les attend à part une description académique de cet état second, ils doivent se sortir seuls de leur espace de protection et se reconnecter. On raconte aussi que dans des cas extrêmes et pour des personnes à très fortes aptitudes organiques, elle est déclenchée automatiquement par l'esprit pour se protéger d'une agression considérée comme létale par l'esprit. De mémoire d'archives académiques, aucun cas de léthargie protectrice n'a jamais été enregistrée chez un sujet aussi jeune.

Miranda sait donc combien la première expérience est risquée et emmène le sujet inconscient dans un lieu où il en oublie même son nom. Alors trouver la sortie dans un monde irréel sans savoir qui l'on est, ni d'ailleurs ce que l'on est, relève de l'exploit.

Alors qu'elle ressasse ses connaissances de la léthargie organique qu'elle a apprise à l'académie cognitive ou de la bouche de son mari, l'image de Zéphyr errant dans sa prison spectrale sans la notice d'utilisation, vient à chaque fois perturber ses certitudes. Une course contre la montre est engagée. Le corps humain même ralenti, ne peut se priver de ses besoins vitaux. Le sujet qui ne sort pas de son état léthargique, finit donc par mourir de déshydratation.

Dans cette course contre le temps, Miranda est obnubilée par une seule question.

*Que se passera-t-il si je sonde Zéphyr ?*

Hector est parti chercher la réponse mais le sablier du temps coule trop vite. L'attente est tout aussi insupportable que l'inaction.

Que va-t-elle trouver en le sondant ? Va-t-elle l'enfermer encore plus dans sa bulle de protection ? Zéphyr pourrait en effet considérer cette intrusion extérieure comme une nouvelle tentative d'agression et continuer à se replier sur lui-même, voire s'enfermer à jamais. Comprendrait-il que l'intrusion est amicale ? Finalement, elle revient toujours à la même conclusion :

*Ne rien faire … c'est inconcevable.*

Pour chasser ses idées noires, elle décide de partir marcher dans la forêt. La nature a toujours été pour elle, un exutoire, une porte d'accès vers la réflexion. Depuis deux jours, elle ne s'est pas autorisée un seul instant de repos. Elle se dit qu'au contact de l'air frais, entre les arbres et les fougères, Dame Nature l'aidera à savoir ... Elle part avec son dilemme dans les sentiers qui mène à la Tumulte.

Quelques instants plus tard, Cassandre, n'ayant pas vu ses compères depuis deux jours, arrive à la ferme.

Cassandre a toujours considéré la ferme d'Hector et Miranda comme un second foyer. Elle peut y entrer et sortir, sans s'annoncer, le plus naturellement du monde. Miranda et Hector la considère d'ailleurs comme la fille qu'ils n'ont jamais eue. Il suffit de voir les yeux de Miranda lorsqu'elle voit Cassandre. On y perçoit toute la tendresse d'une mère à sa fille.

- *Zéf ? Virgile ? Où êtes-vous ?*

Un silence, inhabituellement lourd, plane dans la maison.

- *Bon les garçons, si c'est pour me flanquer la trouille : c'est raté ! Ce n'est pas deux lourdauds comme vous qui vont me faire peur.*

Cassandre inspecte des yeux la salle principale à la recherche de deux garçons cachés avec un seau d'eau ou une branche d'ortie en guise de sabre. Elle marche à pas de velours, vérifie les cachettes habituelles pour surprendre et ne pas être surprise.

Après avoir appelé en vain les garçons et ne voyant personne lui sauter dessus à l'improviste, elle se dirige moins franchement qu'à son habitude vers la chambre des garçons. Elle est persuadée qu'à tous moments, deux adolescents vont hurler, sortant d'on ne sait où. L'adrénaline monte au fur et à mesure de sa progression dans la maison.

- *Je vous préviens : le premier qui me fait sursauter, se prend mon poing dans la figure.*

Elle ouvre délicatement la porte des garçons, prête à l'idée de subir l'attaque d'une bande organisée et donc parée à se défendre...

La surprise qui la frappe est loin d'être celle provoquée par deux garçons surgissant d'un placard pour lui faire subir une séance de chatouilles ou autres facéties. A la seule vue de Zéphyr, immobile et blanc dans son lit, elle blêmit instantanément. L'instant ludique auquel elle s'était préparée, se transforme soudainement en cauchemar. Comment pouvait-elle avoir l'esprit si léger alors que son ami est mort ! Ses jambes flageolent et finissent par ne plus la supporter. Dans un vertige trop puissant, elle s'écroule, frappant sa tête sur le cadre du lit.

Cassandre est étendue au sol, silencieuse, gisante au pied du lit de Zéphyr. On voit lentement progresser le liquide rouge autour de son crâne.

Les pays imaginaires sont des thérapies du cerveau qui, au travers des rêves, veut guider son propriétaire vers le bien-être. Rêvez, c'est tout ce que je vous souhaite. Tant que vous rêvez, vous vivrez heureux.

# 7.   Prisonnier

*Perdu ...*

*Où suis-je ?*

*Qui suis-je ?*

*Je suis prostré dans cette caverne.*

*Des milliers ... non des millions de tunnels ...*

*Lequel prendre ?*

*Pour aller où ?*

*Suivre la lumière ...*

*Un flash par là... le suivre ... une autre caverne ... des millions d'autres tunnels...*

Un autre flash par là ... le suivre ... une caverne ... encore des tunnels...

Où suis-je ?

Qui suis-je ?

En chacun de nous sommeille un guide ou un bourreau. Le tout est de savoir lequel va se réveiller en premier.

# 8.  Bourreau

Cela fait maintenant une journée qu'Hector court sans s'arrêter. Malgré l'urgence de la situation, il goute à nouveau au plaisir de son art. Il jubile à retrouver sa nature profonde. Il écoute son corps, ressent ses flux internes, se surprend à reconnaître les microlésions musculaires issues de son effort continu. Il entend le glissement des ligaments dans leurs fourreaux et même le gémissement des muscles abdominaux se plaignant d'une charge graisseuse non désirée.

Il doit utiliser son art pour occulter le seul déséquilibre nouveau pour lui dans son harmonie corporelle et perceptible depuis le début de sa course : cette sensation de bouffée de chaleur insupportable, cadeau de 'marque' de son frère d'armes. S'il n'était pas capable d'atténuer cette sensation, il serait persuadé d'éclairer jusqu'aux cimes de Monts Glacés tellement son épiderme rayonne. Il s'accroche à l'espoir qu'un plongeon dans la rivière des Larmes calmera ses bouffées de chaleur avant qu'il ne se soit liquéfié.

L'imminence de son retour au sein de la Famille galvanise ses capacités. Il approche de la rivière qui tient son nom de cinq magnifiques cascades, appelées les pleureuses, qui alimentent son cours. Il s'accordera une première pause en soignant ses muscles au contact du froid.

On entend le bruit des pleureuses et Hector ralentit pour relâcher doucement les muscles et détendre les tensions qu'il perçoit dans toutes les fibres de son corps.

Profitant de son retour à la marche, Hector focalise son attention sur les messages auditifs qu'il reçoit.

La rivière marque la frontière libre de la République de Brévor et le début des territoires d'affrontements avec les bannis. Même si officiellement le territoire des bannis n'existe pas, il concentre une force de renégats qui visent à entraver le fonctionnement de la République dans cette région située au Sud de Brévor.

Il s'arrête en bordure de bois de manière à rester dissimulé pour d'éventuelles sentinelles le long de la rivière. Il se concentre en occultant ses courbatures douloureuses, cette désagréable sensation de chaleur et écoute ...

Audition ...

*J'apaise et relâche mes muscles... je ralentis mon rythme cardiaque... je dilate le tympan pour en augmenter la résonance... je ferme les yeux... je reste immobile... seuls les sons m'importent... j'identifie le bruit des cascades... les remous de la rivière... le vent faisant danser les feuilles... le pivert cherchant sa pitance au sommet d'un érable... la loutre plongeant pour attraper une truite saumonée...*

Après avoir décrypté tous les sons, il filtre ceux-ci ne laissant sa concentration centrée que sur les bruits non identifiés.

Perturbations ...

*Je ressens une pression anormale sur les tympans ... une vibration non naturelle ... ne pas céder ... je dois augmenter l'afflux sanguin vers les conduits auditifs...*

La contre pression se fait sentir de plus belle, jusqu'à faire vibrer le tympan de manière incontrôlée :

*...vivre...*

Pour un organique, toute ingérence sur son propre corps est une véritable agression. Hector se verrouille instinctivement. L'oppression auditive devient alors de plus en plus incisive.

*Vérité ...,* entend-il malgré lui.

Sur ce dernier mot, il cède à la pression :

*... vérité fait vivre pèlerin.*

Une voix plus claire se fait entendre dans sa tête. Il reconnaît le mot de passe des forces d'élite de la Famille.

Frustré de n'avoir pas repéré le cognitif, Hector se détend tant bien que mal, laissant le cognitif moduler les ondes vibratoires de son tympan.

*Communiquer... difficile,* bredouille la voix interne qui tente désespérément de percer les défenses d'Hector.

*Cru jamais arriver... patrouille... quatre soldats ... et un organique... cinq cents mètres ... droite,* lui révèle la voix intérieure.

*Brigade ... deux kilomètres plus loin... sur le début du sentier des crêtes ... quatre soldats... vous trouverez armes ... dans chêne au tronc creux ... vingt mètres ... en revenant sur vos pas... pour L'œil ... bonne chance ... Pour perdre poids... exercice ... bien.*

Hector sourit pour lui seul sur les derniers mots. Il lève le pouce, sûr que son invisible interlocuteur le voit, pour le remercier et retourne silencieusement sur ses pas. Il loue l'efficacité de Jalbert qui, fidèle au souvenir qu'il a de son frère d'armes, a tout prévu : des agents compétents aux bons endroits, des armes sur le parcours pour lui permettre de ne pas s'encombrer pendant sa course, Hector n'ayant sur lui que ses simples dagues.

Il trouve conformément aux explications du cognitif, un chêne avec un œil gravé au couteau, en retournant quelques mètres sur ses pas. Il retire, sans bruit, les broussailles au pied de l'arbre. Ses yeux s'illuminent quand il découvre son arme de prédilection : une hache double lame et son harnais dorsal ! Il trouve aussi des dagues de jet, un sac avec des vivres, une corde et un grappin pour le sentier des crêtes. Il s'équipe de l'ensemble et retourne à l'affut à l'orée du bois. Il se surprend à parler fictivement à son ami :

*Sacré Jalbert, pense-t-il avec nostalgie. Tu me connais toujours aussi bien après tant d'années sans se voir. J'espère, avant ma mort, avoir l'occasion d'une ultime mission avec toi, vieux brigand.*

Concentration ...

Très vite, il replonge dans son introspection auditive :

*Je retrouve le bruit des pleureuses... le flux de la rivière... la loutre a disparu sans doute avec la truite... une turbulence dans l'écoulement de l'eau est perceptible en comparaison de l'image phonique précédente : des bruits de pas... à une centaine de mètres... La turbulence phonique monte crescendo... s'ils ont un organique, les contourner revient à se faire repérer... seule option : la surprise... neutraliser les soldats très vite en profitant de l'effet de surprise puis se concentrer sur l'organique.*

Silence...

Hector commande à son corps de se mettre en position d'affut.

*J'inspire et j'expire de manière répétée... en silence... pour relâcher les muscles, baisser le rythme cardiaque, descendre mon image thermique.*

Pour ce dernier point, il a perdu ses repères...

*Fichu marquage.*

Survie ...

*Faire le vide, se focaliser avec calme sur mon seul objectif : être rapide ... le plus rapide...*

Cinquante mètres ...

Il pose religieusement la hache devant lui au sol...

Quarante mètres ...

Il se saisit de deux dagues de jet dans les mains...

Vingt mètres ...

Arrêt ...

Il est en position, immobile comme une statue dont il semble avoir épousé le rythme cardiaque. On a même l'impression que la nature s'est figée autour de lui. Il est prêt à décharger toute son adrénaline dans un assaut musculaire.

Dix mètres ...

*Pas encore !* Résonne une voix dans sa tête

Ses aptitudes de professionnel retrouvées, il ne se désoriente pas ni ne se laisse distraire par la voix étrangère. Au contraire, elle lui rappelle la sérénité d'un temps passé où il avait une confiance absolue en son partenaire.

Cinq mètres ...

*Les deux à droite ... d'abord ... puis l'organique.*

Deux mètres ...

*Maintenant !*

Décharge ...

Hector détend ses deux bras. Sans regarder si les dagues ont atteint leurs cibles, il bondit hors de la forêt en attrapant sa hache.

Analyse ...

En une fraction de seconde, il a saisi son environnement :

*Deux soldats à droite touchés par mes dagues … deux à gauche neutralisés... et un organique au centre avec épée.*

Les deux soldats de droite ont en effet déjà passé le stade de la surprise et ressentent l'extrême douleur du thorax pour l'un, de l'épaule pour l'autre, aux endroits même ou les deux dagues sont venues se planter. Les deux de gauche se tiennent les oreilles de leurs mains. On voit le sang couler de le long de leurs doigts. Les tympans ont de toute évidence, été percés. Notre ange gardien cognitif remplit son rôle de facilitateur jusqu'au bout. Le dernier soldat au centre est déjà en position de défense, son sabre à la main.

Hector profite de ce bref moment où l'organique s'apprête à défendre au lieu d'attaquer, sans doute encore sous l'effet de la surprise. Il frappe du tranchant de sa hache pour mettre hors d'état de nuire les deux sourds. Il les éventre simultanément d'un seul coup de hache. Il accompagne de son corps le mouvement de l'arme et percute avec sa jambe en extension le visage du soldat blessé à l'épaule, resté debout malgré sa blessure. Position vite corrigée, puisqu'il s'effondre la cloison nasale explosée.

Ressaisi, l'organique se fend d'estoc dans le plexus découvert d'Hector qui pare avec son arme. Son adversaire feint alors une attaque du tranchant vers la gauche d'Hector, partie la plus exposée après son coup de pied circulaire. Hector écarte la lame de son adversaire du manche de sa hache. Le jeune organique enchaîne les frappes en alternant frappe basse droite puis haute gauche, estoc frontal, pour finir sur une attaque du tranchant vers le cou. A chaque fois, Hector bloque et riposte sans montrer d'inquiétude. Le jeune soldat tourne alors autour de son ennemi. Il change ses pieds d'appuis pour surprendre Hector avec un angle d'attaque modifié. Il déroule toutes les attaques académiques de son répertoire, pendant qu'Hector, pare toutes les frappes avec nonchalance.

- *C'est tout ce que tu as appris l'école des arts organiques,* lui lance Hector. *La qualité de l'enseignement s'est fortement dégradée. Observe ton adversaire plutôt que de te remémorer quelle figure de ton apprentissage tu n'as pas encore épuisée. Lis ses mouvements, apprends à le connaitre, ses habitudes de pivotement, la tenue de son arme et sa position après chaque attaque. Repère les instants où il se demande comment il va frapper la prochaine fois. C'est là qu'il est vulnérable. Retiens les mouvements qu'il maîtrise mal ou lorsqu'il se trouve dans une position inconfortable à cause de son arme ou d'une douleur. Alors focalise ta concentration sur ce que tu as observé et profite de ses faiblesses.*

Au même moment, alors que le soldat était perturbé par le discours professoral de son adversaire, Hector remonte son bras droit et frappe la tempe gauche du jeune homme avec le manche de sa hache.

- *Reste concentré bon sang ! Ne te laisse pas intimidé par le discours de ton ennemi. Survie est ton seul crédo. Et si pour survivre tu dois me tuer alors focalise-toi sur cette idée.*

Hector soulève brusquement le pied gauche qu'il avait discrètement glissé sous une pierre. La pierre vient s'écraser sur le visage du soldat.

- *Imprègne-toi de la scène dans son ensemble. Ne néglige aucun élément extérieur. Tu aurais dû voir mon pied changer d'inclinaison dans le sol. Ne fais abstraction que des facteurs qui ne représentent aucun danger pour toi, comme cette loutre qui nous regarde à droite.*

L'espace d'un instant, l'organique qui commence à tenir sa lame plus fébrilement, jette un coup d'œil dans la direction indiquée par Hector. Ce dernier en profite pour asséner un autre coup de manche sur le côté opposé du visage

-	*Ne crois jamais ton adversaire ! Ne lui permets en aucun cas de perturber ta vigilance ! Il pourrait y avoir un millier de loutres en tutus et ballerines que tu ne dois jamais céder à autre chose que ton objectif : survivre.*

Entre organiques, même deux ennemis, ne peuvent s'empêcher de ressentir un respect mutuel, quelle que soit l'issue du combat. Loin d'être une forme de corporatisme, il s'agit plutôt du sentiment de partager une religion commune : celle basée sur le respect de leur corps. Ils comprennent mutuellement cette communion avec leur corps, ce que ce dernier leur apprend, leur demande. Ils partagent avec leurs adversaires un langage propre à eux, un langage leur permettant de communiquer avec leurs organes, leurs cellules.

Un organique respectera toujours son adversaire quand bien même l'issue du combat peut être fatale pour l'un des deux. Sauf à être motivé par une émotion négative comme la colère ou le besoin de vengeance, si extrême qu'elle surpasse la capacité de l'organique à la maîtriser, un organique ne prendra aucun plaisir à tuer son adversaire. C'est d'ailleurs une différence majeure avec les cognitifs chez qui on retrouve beaucoup plus de soldats passés maîtres dans l'art de la manipulation des émotions et pour qui le culte de la vie n'est pas inscrit dans les gènes.

Loin de vouloir imposer une humiliation, l'ancien Commandeur qu'est Hector retrouve ses talents de meneurs d'homme. Le combat est inégal depuis le départ. Un ancien Commandeur des armées de la République face à un jeune officier organique dont Hector ne devine pas l'expérience.

-	*En quelle année académique es-tu,* demande-t-il ?

Bizarrement, le soldat désormais conscient de se trouver face à un organique bien supérieur que lui dans l'exercice de l'art, accepte avec humilité le dialogue. Le respect qu'il éprouve pour Hector vacille vers une admiration craintive.

- *J'ai fini depuis deux ans.*

- *Tu as fini ?* s'inquiète Hector. *C'est donc plus grave que je ne le pensais. Tu as donc terminé tes cinq années d'instructions pour démarrer ta quête.*

- *Non, désormais l'académie donne le rang de Servant de la République à ceux qui accèdent à la troisième année et ne garde que les meilleurs pour poursuivre la maîtrise de l'art. Quant à la quête, je ne vois pas de quoi vous parlez.*

Hector est dépité.

- *Quel est le credo des organiques ?* Demande-t-il.

- *Vous le savez alors pourquoi me poser la question ?*

- *Quel est le credo des organiques ?* Répète Hector.

- *Soit ! Tuer tout opposant à la République.*

La colère de l'ancien Commandeur ne fait que croître. Toute une génération a été bafouée dans son éducation. L'enseignement de l'académie est devenu une mascarade éhontée sur les techniques de combat mais surtout elle a perdu son âme. Comment peut-on faire vibrer les organiques avec un tel crédo : « tuer tout opposant ». On les manipule avec leurs peurs, leurs angoisses. En aucun cas, on les galvanise pour un idéal comme c'était le cas jadis.

- *Heureusement non. Et si c'est ce qu'on vous apprend aujourd'hui, c'est une tragique erreur. Ecoute ton cœur, mon garçon ! Va chercher notre crédo à l'intérieur de toi ! Que te dit ton corps ? Il te dit : protège-moi ! Survis ! Et si tu suis ce crédo, il t'aidera dans toutes les situations. Qu'est l'esprit, sans le corps : rien ! Qu'est l'esprit dans un corps malade : un esprit non libre, focalisé sur sa détresse. Ton crédo : c'est ton corps ! Certes beaucoup d'entre nous sont devenus soldats grâce à leurs capacités physiques* mais tuer n'est pas une finalité. Au contraire c'est l'ultime échéance de survie. Quelle gloire y-a-t-il à retirer la vie de l'autre ? En le tuant, tu génères la colère, la haine chez ses proches, au sein de sa patrie, de sa communauté et tu entretiens la guerre, les émotions négatives. Tu suscites le besoin de vengeance. Qu'est-ce que ton corps retire de la mort de l'autre ?  Rien de bon !

- 		Mais vous avez été soldat et surement de haut rang. Vous avez tué.

- 		Oui. Et crois-moi beaucoup de fois, sans doute trop de fois. Cependant pour toutes mes victimes, je peux affirmer sans remord que c'était l'ultime solution pour ce que je considérais une noble cause. Je suis resté en phase avec mes idéaux, en paix avec moi-même. Défendre des valeurs auxquelles j'adhère, protéger les gens que j'aime, libérer des peuples opprimés, mais toujours en respectant mes croyances. Dans ce cas et uniquement ce cas, tuer devient nécessaire et même salvateur pour ton corps. Si tu renies tes valeurs, tu ne pourras pas trouver l'harmonie corporelle. Si tu ne trouves pas celle-ci, tu n'épanouiras jamais ton potentiel organique. Si, à l'inverse, tu combats pour défendre ce qui constitue la base de tes idéaux, tu rendras plus riche ton harmonie personnelle.

- 		Qui êtes-vous ?

- 		A toi de me le dire. Ton bourreau ou ton guide ?

- 		Que voulez-vous dire ?

- 		Que je vais te laisser en vie mon garçon. Je n'ai aucun honneur, ni besoin de t'ôter la vie ici et maintenant. Si tu avais été mieux formé, tu serais déjà mort car mon instinct de survie ne t'aurait laissé aucune chance. Maintenant écoute-moi bien. Retourne auprès de ta garnison et pose-toi une seule question : quelles sont tes valeurs ? La République défend-elle les valeurs importantes pour toi ? Quand tu auras la réponse, suis celle qui te permettra de trouver l'harmonie. Si tu choisis la mauvaise voie, je serai ton bourreau.

Sur ces dernières paroles, Hector se retourne pour récupérer son sac, laissé dans le bois, sans crainte d'une traitre riposte de son adversaire.

Le jeune organique regarde Hector lui tourner de dos. Pas un instant, l'idée d'en profiter ne lui a traversé l'esprit. Il est bien trop occupé à réfléchir à ce qu'il vient d'entendre. Qui est cet étrange personnage, visiblement initié organique confirmé qui a connu les usages militaires de la République ? Pourquoi le laisse-t-il en vie ?

\-       *Monsieur !*

Hector s'arrête, se retourne et écoute.

\-       *Il y a une patrouille d'élite dans le sentier plus haut !*

Hector sourit et demande :

\-       *Quel est ton prénom ?*

\-       *Ramuel !*

Pour trouver la sortie du labyrinthe il est moins dangereux de suivre les traces de la souris qui a élu domicile en ce lieu plutôt que celles du Minotaure.

# 9.   Révélation

*Où suis-je ?*

*Qui suis-je ?*

*Des flashs … les suivre … encore une caverne … encore des tunnels...*

*Les flashs suivent une pulsation régulière et augmentent d'intensité.*

*J'arrive dans une énième caverne sans autres tunnels que celui par lequel je suis entré. Les parois de la grotte sont rouges.*

*Où est la sortie ?*

*Suis-je condamné à revenir sur mes pas et à errer sans fin dans ces galeries ? Dans quel but ? Je dois sortir...*

*Je voudrais tellement pouvoir passer au travers de ces parois pour m'échapper … Je m'approche... pour comprendre ce que sont ces parois... je tends les mains devant moi pour toucher ces murs rouges et suintants...*

*Incroyable ! Je suis passé au travers de la paroi ! Je suis dans un monde inconnu mais je peux voyager à mon gré en défiant les lois rationnelles.*

*Je suis emporté par une rivière canalisée dans un long tuyau. L'eau est rouge. Je suis balloté dans le courant et glisse dans le conduit. Il m'est impossible de m'arrêter. Je prends de plus en plus de vitesse. Je subis les virages les uns après les autres, entrainé par le courant, ne sachant jamais ce qui m'attend derrière chaque courbe.*

*Je vois finalement une énorme bouche ! Je vais me faire dévorer par cette gigantesque mâchoire ! Elle s'ouvre…. Je m'engouffre à l'intérieur, me préparant au pire… Pourquoi donc ai-je quitté les tunnels ?*

*Je tombe avec la rivière dans une cascade rouge qui se déverse dans un lac de sang entouré d'une grotte immense. Les parois de la grotte bougent en pulsations régulières. La bouche est en fait une porte qui s'ouvre et se referme en haut de la grotte laissant la rivière couler par saccades dans le lac. On dirait …*

*Le ventricule d'un cœur !*

Révélation …

*Je suis dans un corps !*

*Mais qui suis-je ?*

*Ou plutôt que suis-je ?*

*Où trouver la réponse ? Le cerveau ?*

*Je suis instantanément dans une caverne avec des millions de tunnels et des flashs plus intenses fusant dans toutes les directions. Des millions de sphères lumineuses sont reliées entre elles par des filaments qui s'illuminent dans un chaos qui semble malgré tout organisé.*

*Extraordinaire ! Je suis dans le cerveau.*

Exploration…

*Que suis-je ?*

*Je voudrais voir...*

*Je suis devant une salle voutée, un immense mur scintillant de couleurs. Des millions de fils, partant de ce mur se rejoignent en un tube au centre de la pièce. Toutes les couleurs quittent le mur en glissant le long des fils, et se télescopent, s'embrasent dans le tube central tel un merveilleux feu d'artifice.*

*Je regarde le mur. Il est constitué de millions de bâtonnets et de cônes de couleurs différentes. Je m'approche de ce mur, en effleurant émerveillé le tube central. On peut voir par transparence au travers du mur. Des poutres en bois, du torchis … Je connais cet endroit. J'y suis bien.*

*Comment me souvenir ?*

*Je me retrouve dans un couloir rouge cylindrique avec une infinité de lumières scintillantes bleues, rouges, vertes, blanches, jaunes sur les parois du couloir. Chaque lumière est guidée par un fil. Des flashs lumineux colorés arrivent par ces fils et font scintiller les lumières de couleurs différentes si bien que le couloir est continuellement éclairé avec des variances d'intensités et de couleurs. L'endroit est fantastique.*

*Je touche une lumière bleue... Une image m'apparait... Une femme chantant une berceuse à un enfant... J'entends la chanson... Elle est belle comme la femme qui sourit en regardant son enfant endormi. J'aime cette chanson. Elle me conforte et m'apaise. J'aime cette femme. Elle me protège...*

*Je touche une lumière verte... Je sens une odeur qui m'est familière. On dirait une odeur de bois, et d'humus... Je vois une forêt avec une rivière... Je visualise un sentier qui mène à la rivière. J'aime ce décor. Deux garçons essaient de pêcher la truite mais passent leur temps à s'asperger l'un et l'autre. Je vois leurs sourires, leurs complicités. J'envie l'insouciance de ces deux garçons.*

Je touche une lumière jaune... Je vois un garçon et une fille riant ensemble… Ils posent deux seaux remplis d'une substance brune à l'odeur forte et prenante sur le battant supérieure d'une porte de grange... Il y a plus que de la complicité entre ces deux-là.

Je touche une lumière blanche... Rien... Rien ne me vient... Pas de son... Pas d'image... Pas d'odeur... On dirait que ce fil ne marche pas... comme s'il était bloqué ou effacé... ou pas encore utilisé...

Je retourne sur les autres couleurs, avide de découvrir toutes ces informations. Elles me font du bien. Je m'emballe à toucher toutes ces lumières : une bleue, puis verte, bleue, jaune … Ce sont mes souvenirs !

Je touche une lumière rouge... Je ressens de la honte ! Un homme est furieux... il est recouvert de cette substance brune et odorante... Je connais cet homme... J'ai de l'admiration et de l'amour pour lui.... il crie un nom...


Zéphyr !


Je suis Zéphyr !

L'amour, c'est trouver son bonheur en bâtissant celui des autres. Si l'amour était une personne : ce serait une mère.

# 10. Traumatisme

Miranda sait.

Elle a pris sa décision.

*Quelle mère suis-je, si je m'arrête à des considérations hypothétiques alors que mon fils est en train de mourir ? La vérité est pourtant criante. Je refuse de vivre dans le regret. Je refuse de ne pas avoir pas tenté l'impossible pour te libérer. Je t'aime mon fils. J'arrive.*

Elle rentre à la ferme d'un pas décidé. Quelle que soit sa méconnaissance de la pratique d'une léthargie organique, elle ne survivrait pas à l'idée d'être restée passive si son fils devait ne jamais sortir de sa prison interne. Au diable les risques, elle est loin d'être une cognitive médiocre et les risques, si rien n'est fait, sont réels. La déshydratation et le manque de nutrition condamneront Zéphyr.

A peine le seuil de la ferme franchi, Miranda sonde par réflexe la maison et perçoit un autre marqueur que celui de son fils.

*Cassandre est là.*

L'inquiétude grandit. Si Cassandre voit Zéphyr dans cet état sans qu'on ne l'ait préparée, elle va avoir un terrible choc émotionnel. Instinctivement, elle se dirige vers la chambre des garçons en appelant sa fille de cœur.

- *Cassi! C'est Miranda. Où es-tu ?*

Ce n'est qu'en pénétrant dans la pièce qu'elle réalise la gravité de la situation. Cassandre est allongée au sol. Son visage baigne dans le sang.

- *Cassi, ma Cassi!*

Elle saisit la fille dans ses bras. Les mains ensanglantées, elle serre la jeune fille contre elle, se demandant pourquoi le sort s'acharne sur les gens qu'elle aime.

Après les quelques secondes d'effroi, elle se ressaisit. Cassandre vit toujours sinon Miranda n'aurait pas pu sentir son marqueur aussi nettement. Elle sent les battements de son cœur. Ils sont réguliers. Elle inspecte la tête de Cassi et repère l'entaille. Cassandre a certes perdu beaucoup de sang mais il n'est pas trop tard. Elle repose délicatement la tête de la jeune fille puis s'empresse d'aller chercher le nécessaire de soin.

Amoureusement et délicatement, elle nettoie la plaie. Le saignement ne s'est pas arrêté. Elle prend un morceau de tissu propre et panse la plaie. Une fois les soins de première urgence prodigués, elle pose ses mains sur la tête de Cassandre et se concentre.

*Je sens les pulsations de ses vaisseaux sanguins... J'analyse leur débit... les micro-écarts de température en surface...*

Elle bouge ses mains pour poursuivre l'examen.

*L'activité électrique est correcte... pas de fuites au sein des fluides vitaux.*

Miranda soupire.

*J'augmente la concentration des plaquettes sanguines réparatrices vers la blessure ... Elles s'accumulent au niveau de la plaie et accélère la* cicatrisation... je répare les lésions... j'impulse mon énergie pour ressouder les fibres des chairs sectionnées...

D'habiles manipulations, elle détend le cerveau traumatisé.

*Je rassure le sujet dans son inconscient... Cassi, je t'aime ... tout va bien ... reviens...*

Même le bourreau a une mère. Il a donc quelque part, enfoui en lui, un cœur. Il s'agit seulement de trouver l'outil pour le déterrer.

# 11. Élève inattendu

Hector, tout en se rafraîchissant dans la rivière, reste songeur sur sa dernière rencontre. L'enseignement des arts est dangereusement galvaudé. Cela ressemble plus à un élevage intensif de simulacres d'organiques. Quel gâchis ! Tant de dons sous exploités. L'académie a bien changé et pas dans le meilleur des sens.

Il sera bien temps d'y songer plus tard. Après s'être sustenté d'un morceau de lard et réhydraté, Hector regarde le sentier montant sur la rive opposée. Au-delà du sentier des crêtes, se dresse plus loin, le majestueux pic de Dante, coiffé par les nuages.

Le passage par le pic de Dante permet de gagner au moins une journée de course pour un organique afin de rejoindre le territoire des bannis. L'autre route longe la vallée de la Tumulte le long des Monts Dorés. Ce second itinéraire, certes plus facile, est surveillé par de nombreuses patrouilles de la République. A l'inverse, l'accès par le pic de Dante est une barrière naturelle que peu d'hommes peuvent prétendre franchir. Outre les parois abruptes à la base de la montagne, le passage du col neigeux avec ses séracs est tout aussi piégeux. Derrière le col, l'attend sa destination.

Hector se rassure sur l'opposition qu'il va rencontrer le long du sentier sinueux et grimpant au pied du pic de

Dante. Si les sentinelles sont de la classe de ce Ramuel, il n'y a pas matière à s'inquiéter. Si toutefois, il s'agit de quatre officiers organiques, le combat sera beaucoup plus équilibré.

Concentration...

Il décide de garder sa hache dans les mains, vérifie ses dagues de jet, fixe son sac et s'élance.

Rapidité...

Il court parallèlement au sentier, une cinquantaine de mètres en aval pour éviter toute embuscade. Il se focalise sur la souplesse des chevilles et des genoux pour amortir ses pas et préserver sa discrétion.

Blocage nerveux ...

Il ralentit et se jette dans une introspection cérébrale.

*La furtivité est une question de souplesse et d'écoute... je visualise les fibres musculaires et les tendons... je renforce l'hydratation des tendons pour favoriser leur mouvement... j'enregistre les bruits de mes foulées, le souffle de mes gestes, les feuilles écrasées au passage ... je filtre ces sons pour me concentrer uniquement sur les autres vibrations.*

Première alerte :

*Cent mètres en amont... deux hommes... j'entends le bruit des branches qui craquent sous leur pas.*

Hector ralentit et accentue son attention sur ses foulées pour ne poser les pieds que sur un sol meuble. Il espère rester furtif. Il dévie sa course vers la droite s'enfonçant plus profondément dans une partie abrupte en bordure des crêtes.

Survie ...

*La survie c'est l'audace.*

*Les bruits se déplacent dans ma direction. De nouvelles vibrations vers la gauche. Je suis repéré !*

Tant pis pour la furtivité... Il a peut-être vraiment pris quelques kilos de trop. Il est temps de retrouver ses capacités de stratège de guerre.

La meilleure réponse à une traque est parfois l'attaque. Ce comportement paradoxal pour une proie peut dérouter l'adversaire, surtout lorsque ce dernier est persuadé de sa supériorité. C'est clairement le cas ici, où quatre soldats, à n'en pas douter des organiques aux vues de leurs déplacements, pourchassent un seul homme.

L'espace d'une seconde, le doute envahit Hector. N'est-il pas trop rouillé après toutes ces années d'inactivité ? Trop tard pour les remords... Hector accélère la foulée, assouplit les bras, vérifie la prise en main de la hache et évacue toutes pensées parasitaires.

Survie ...

Les deux premiers adversaires sont visibles devant lui, espacés de dix mètres. Les deux soldats le ciblent de leurs arbalètes, armes non recommandées pour une guérilla en forêt.

*Premier déclic... J'entends le sifflement du trait dans l'air et me dirige sur le tireur.... le sifflement approche... crescendo... attendre ... l'intensité du sifflement monte ... attendre encore... les changements de vibrations de l'air sont perceptibles ... Maintenant !*

Il remonte sa hache en protection et dévie le carreau, toujours en forçant sur sa foulée.

*Deuxième déclic... perception du sifflement... attendre... vibrations...*

Hector effectue un deuxième mouvement éclair de hache, sur la gauche cette fois-ci. Il tranche le carreau en deux. Il n'a pas ralenti sa course pour autant, espérant bénéficier pendant un laps de temps réduit, de l'opposition d'un seul adversaire à affronter. D'un bond, il arrive au contact du premier tireur qui a eu à peine le temps de saisir son sabre.

Survie …

*La survie c'est la force.*

Hector décharge soudainement l'adrénaline dans ses bras pour frapper avec sa hache d'une diagonale partant du pied gauche vers la tête.

Ce type d'attaque frontale à la hache rend l'esquive et la parade difficile. Le choc des lames retentit. La force d'Hector repousse la lame ennemie vers le visage de son propriétaire. Le soldat reste opérationnel mais le nez en sang, percuté par sa propre lame. Désormais averti, il accentue sa mobilité pour gagner de précieuses secondes et attendre son binôme.

Hector qui veut, au contraire, abréger cette rencontre pour garder une parité égale dans les combats, lance trois frappes successives en insistant sur la force de l'impact.

*Mouvement circulaire de la hache… au-dessus de la tête… profiter de l'élan… accélérer l'impact sur son flanc droit.*

Malgré un appui ferme et équilibré, et une parade adéquate, le soldat est déplacé par l'impact. Hector a pris soin, avant sa frappe de placer son pied fermement sur le pied d'appui de son voisin. Il enchaine avec un coup violent du manche de sa hache dans le genou immobilisé du soldat déjà déséquilibré. L'articulation cède instantanément. L'ancien Commandeur remonte alors sa hache verticalement pour l'enfoncer sous le menton du soldat.

Survie …

*La survie c'est l'intuition*

Dans la foulée, Il retire son arme du visage de sa première victime et la place en aveugle sur ses arrières, sans se retourner. Le choc métallique entre les deux haches est violent. Son audition ne l'a pas trahi. Sa parade instinctive vient de le sauver. Il pivote alors pour affronter de face le deuxième soldat, les deux haches toujours enchevêtrées. En force, il bascule les deux armes vers le sol, les rendant toutes les deux inopérantes pour une riposte. Le soldat organique tente de forcer sur le manche de son arme pour la dégager en premier. Hector maintient fermement et volontairement les deux armes vers le sol. Il décide, à la surprise de son adversaire de lâcher soudainement son manche. Son geste improbable provoque un recul de son adversaire emmené par sa propre force. Hector a tout le loisir de saisir ses deux dagues attachées aux cuisses et de les planter symétriquement dans le cou de son ennemi.

Survie ...

*La survie c'est la surprise.*

Ses deux premiers combats terminés, Hector repère les deux autres vigies courir dans sa direction. A leurs déplacements, il s'agit de guerriers plus expérimentés. La fluidité dans les déplacements, le port habile des armes mais surtout les positionnements synchrones démontrent des hommes d'expérience.

Ils se coordonnent naturellement pour entourer Hector sur chaque flanc. Hector constate la parfaite harmonie des chasseurs habitués à traquer en meute. Ils cherchent à laisser Hector entre leur position respective tout en veillant à ne pas se gêner dans leurs tirs.

On assiste alors à un ballet entre trois hommes. Hector tente constamment de perturber leur dispositif d'approche. Les deux soldats corrigent en réaction à chaque fois leurs positions, maintenant une dizaine de mètres avec leur proie.

L'effet de surprise n'est plus de mise depuis que les deux soldats ont vu, à distance, avec quelle facilité Hector s'est débarrassé de leurs deux infortunés compagnons. Le rapport de force s'inverse et l'affaire est même mal engagée pour Hector quand il entend deux arbalètes se faire armer.

Fidèle à son approche habituelle, Hector se lève et court vers l'un des soldats, veillant à dévier sa course entre les arbres.

*Déclic ... Le tir vient de l'arrière...*

Hector se cale contre un arbre. Il entend le bruit sec d'un carreau contre le bois. Il repart.

*Deuxième déclic... Cette fois de face ...*

Il effectue une roulade et se protège derrière un érable.

*Nouveau bruit sec sur le tronc...*

Hector repart et le ballet reprend.

Il entend les deux armes se faire recharger. C'est un véritable exercice de tir au pigeon. Généralement ce n'est pas le pigeon qui sort vainqueur. Il doit changer d'approche.

*Surprendre...*

Tout en réfléchissant à d'hypothétiques voies de sortie, il repère en contre bas de la pente un espace dégagé sans arbre. Tout tacticien qui se respecte éviterait un espace dégagé dans un combat à distance, à fortiori en infériorité numérique. Mais Hector connait la formation qu'on a dispensée à ces deux assaillants. Il peut avoir une infime chance de créer une brèche dans leur vigilance s'ils pensent que la partie est gagnée d'avance. Hector espère, en se rangeant innocemment à découvert, briser leur concentration.

Il range sa hache dans son harnais dorsal, prend la corde et le grappin, vérifie ses dagues tout en courant vers la clairière. Le ballet recommence sans tirs d'arbalètes cette fois. Les deux soldats attendent avec impatience l'espace dégagé. Une ligne droite de trois hommes descend dans la pente. Hector observe les arbres qui marquent la limite boisée. Il en repère un qui convient parfaitement pour son plan de la dernière chance et bifurque directement dans sa direction.

Concentration ...

Hector s'imprègne de la trajectoire du soldat sur sa gauche. Tout en courant, il lance le grappin qui s'enroule sur une branche surélevée à cinq mètres du sol en lisière de la clairière. Il continue sa course dans la partie déboisée en se déportant légèrement pour tendre la corde qu'il tient de sa main gauche. Puis il décolle, décrivant un arc de cercle vers la gauche, la main droite déjà armée d'une dague.

La seconde nécessaire à l'assaillant situé à gauche pour ralentir sa course est juste suffisante à Hector pour le cibler et lancer la dague de son meilleur bras. Il lâche la corde, reprend en vol sa hache et vient terminer son œuvre en fendant littéralement son opposant de la tête au thorax. Au même moment, il sent la pointe d'un carreau lui transpercer l'épaule gauche.

Blocage nerveux...

*Douleur ... faire immédiatement abstraction de la douleur...*

Il se saisit de sa hache du bras droit et exécute un demi-tour en pivot accompagné d'un arc de cercle de sa hache en parade. Ce geste, instinctif chez un guerrier expérimenté, lui sauve la vie puisqu'il détourne la frappe en estoc de son adversaire.

Le dernier soldat est incontestablement le plus redoutable. Il profite de l'élan donné par la parade d'Hector pour vriller sur lui-même et tenter de frapper le bras porteur de la hache.

Une hache lourde est une arme peu adaptée à la prise à un bras et handicape la rapidité du geste. Comprenant que sa parade est compromise, Hector fonce dans son adversaire pour qu'il n'achève pas son geste. Les deux hommes tombent au sol. Ils accompagnent tous les deux leurs chutes d'une roulade pour se redresser dans la foulée, déjà parés pour l'attaque suivante.

A cet instant, les deux adversaires prennent la pleine mesure de leur valeur respective. Leurs sens sont aux aguets. Leurs respirations restent calmes malgré la gravité du moment. Ils sont concentrés sur leur unique crédo : survivre.

- *Qui es-tu,* demande le soldat ? *Tu n'es pas celui qu'on recherche même si désormais tout le monde va te confondre avec lui avec cet empennage qui dépasse de ton épaule. Ton visage me dit quelque chose.*

- *Qui je suis t'importe peu. Pourquoi tirer à vue sans sommation si je ne suis pas votre cible ?*

- *Les consignes sont claires. Personne ne doit franchir le pic de Dante ni sortir du territoire libre.*

- *Libre ? Laisse-moi rire ! De quoi es-tu libre ? Libre de te faire enlever tes enfants pour qu'ils deviennent des jouets d'entrainement pour les guerriers comme toi et moi ? Libre de voir notre art galvaudé, en formant des simili organiques pour le besoin égocentrique d'un Magister ?*

Hector a vite compris que le soldat était un officier aguerri de l'ancienne école avec une formation aboutie.

- *Tu vas mourir, alors satisfais ma curiosité et je t'achèverai rapidement,* lui répond le soldat. *Qui es-tu ?*

Sans attendre sa réponse, le garde lance une série d'attaques alternées sur les flancs d'Hector, en variant les trajectoires d'approche de sa lame. Il oblige le Commandeur à une défense de plus en plus tardive face à son agilité. Après une dizaine d'échanges, la lame frappe le bras déjà meurtri. Malgré cette seconde blessure, Hector est déjà en parade de la frappe suivante.

- *Je suis impressionné par ta capacité à ignorer la douleur et ton calme devant l'inévitable. Serais-tu un*

*Commandeur ? Oui … Je ne me souviens plus lequel mais je t'ai déjà vu à l'académie.*

Il marque un temps d'arrêt, songeur.

- *Ce sera la première fois que je tue un Commandeur banni. Même si vous maîtrisez parfaitement notre art, vous ne pouvez combattre le poids des années … Avec un tel trophée, je gagnerai à coup sûr mon ticket pour la formation de Commandeur.*

Exulté par sa promotion à venir, l'officier de garde entre dans une frénésie d'attaques. Hector est contraint, dans la crispation, de s'aider de son bras blessé.

*Aucune chance dans un combat conventionnel,* se dit Hector.

Après une ultime parade, Hector joue son va-tout et jette sa hache au sol, ne laissant pas le temps de la surprise à son opposant.

- *Tu veux tout savoir, hein ! Et bien soit ! Tu as en face de Toi Hector Adrien d'Ediren dit le météore, ancien Commandeur de guerre de la République. Celui même qui a pacifié la République, instruit les arts de la guerre à l'académie, qui a dû t'apprendre à changer tes couches quand tu es entré à l'académie et qui après vingt ans de guerre pour son peuple a décidé de se retirer.*

Surpris par cette soudaine et surprenante reddition, le soldat continue sans pour autant perdre sa concentration.

- *Commandeur Hector... oui c'est bien vous. J'avais de l'admiration pour vous... mais vous vous dirigez vers le territoire des bannis. Vous insultez votre appartenance !*

- *C'est toi qui l'insulte en reniant les valeurs même de la République. Ce que tu appelles aujourd'hui la République n'en a plus que l'apparence. Elle bafoue les valeurs avec lesquelles elle a été bâtie par notre aïeul, Brévor l'Élémentaire.*

-       *Bien essayé, Commandeur.*

L'officier visiblement mal à l'aise par cet échange, veut abréger le dialogue.

-       *Je ne me laisserai pas abuser par votre scène de la dernière chance.*

-       *Soit ! Si je dois mourir ici, jeune homme, je dois te dire que tu m'accompagneras.*

Définitivement perturbé, le soldat lève son épée pour frapper Hector. Il reste d'ailleurs figé un instant dans cette position avant de s'apercevoir qu'une dague est venue se figer dans son cœur et un carreau lui perfore un poumon.

-       *Comment….*, balbutie-t-il, avant de s'effondrer.

Immédiatement Hector ramasse sa hache en position de défense et observe les alentours, à l'écoute du moindre bruit suspect. Sans aucune difficulté, il repère un soldat de la République s'approchant de lui, une arbalète pointée vers le sol, marchant calmement, sans intention belliqueuse.

-       *Bonjour Commandeur.*

Le jeune soldat continue d'avancer sans crainte vers Hector et poursuit :

-       *J'ai choisi.*

Il laisse volontairement planer quelques secondes.

-       *Acceptez-vous de devenir mon guide ?*

On appelle celui qui navigue dans les mers avec raison, connaissant les vents et les directions, un marin.

On appelle celui qui navigue vers l'inconnu avec passion, ignorant vers quels horizons, un conquérant.

## 12.  Capitaine

*Je suis dans mon corps !*

*Je n'ai qu'à penser à un organe et je m'y retrouve.*

*Je n'ai qu'à penser à sortir...*

Compréhension ...

*Je me retrouve sur un sol composé d'une infinité de fils rouges... Je m'enfonce légèrement sur ce sol spongieux et humide...*

*De grands piliers noirs soutiennent un gigantesque plafond de glace.*

*Par les piliers passent de l'eau à très faible débit.*

*Les piliers ressemblent à des arbres bizarres ... ou plutôt des tiges de bambous noires...*

*Où suis-je ?*

*Pourquoi ne suis-je pas sorti ?*

*Je suis arrivé dans un endroit de mon corps en pensant à la sortie ...*

*Pour sortir de mon corps, le dernier élément à traverser c'est ...*

*La peau !*

*Je reconnais les vaisseaux sanguins sous mes pieds ...*

*Alors pourquoi ce mur de glace ?*

*Qui dit glace, pense à des températures froides...*


Les 5 sens ...

*Peut-être puis-je utiliser mes cinq sens ?*

*J'ai froid ...*

*Je ressens le froid !*

*Jusqu'à maintenant je voyais ce que je pensais.*

*Je peux aussi ressentir mon environnement.*

*Je touche une tige de bambou...*

*C'est doux, lisse et flexible... C'est un poil !*

*Je sens ...*

*La sueur ... dans ces piliers...*

*Est-ce que je peux entendre ?*

*Oui ... Un bruit de tambour ...*

*A un rythme très lent... et régulier...*

*Les battements du cœur !*

*Il bat très lentement !*


Révélation ...


*Mon cœur bat lentement, ma peau est glacée ...*

*Mon corps est au ralenti !*

*Pour sortir je dois le réchauffer. Je dois faire fondre le mur de glace. Pour le réchauffer, je dois accélérer les battements du cœur.*

*A cet instant les battements deviennent plus forts, plus soutenus.*

*Le sol remue à un rythme régulier comme les secousses d'un tremblement de terre qui se répètent, guidées par un métronome.*

Contrôle...

Zéphyr comprend qu'il est le capitaine d'un immense navire qui obéit à tous ses souhaits.

*Accélération cardiaque.*

*Influx sanguin dans les muscles.*

*Augmentation thermique.*

*Activités cérébrales renforcées.*

A chaque fois que Zéphyr donne un ordre à son équipage, il voyage instantanément dans les confins de son corps. Les images défilent :

*Une tempête fait rage dans la rivière rouge. La rivière devient un torrent déchaîné.*

*La cascade rouge dans le cœur devient un raz de marée qui envahit toute la grotte. Le lac initialement paisible a disparu, laissant place à un tsunami. Les parois de la grotte se compressent et se libèrent violemment, rendant furieux le débit des rivières de sang.*

*Des vagues rouges immenses viennent s'échouer sur les muscles et y déposent leur écume. Au contact de l'écume, les muscles s'agitent.*

Le mur de glace en surface commence à fondre. L'eau s'écoule plus vite dans les piliers de soutien du plafond. Le corps transpire...

Les flashs deviennent innombrables.

C'est un festival de lumières dans le cerveau. Il donne furieusement des ordres dans toutes les directions, à tous ses organes galvanisés par les ordres de leur capitaine qui somme d'apponter le navire.

Zéphyr est à la fois excité et affolé par ce contrôle de lui-même. Il en oublie presque qu'il doit sortir de cet état de conscience interne jusqu'à ce que son exploration lui envoie des signes alarmants sur l'état de son navire. Il est soudainement transporté dans des lieux qui apparaissent comme des messages prioritaires pour le cerveau.

Les murs d'une grotte qu'il n'avait pas encore explorée tremblent et menacent de s'effondrer autour d'un lac acide.

La grotte rétrécit, le lac bouillonne. Des geysers acides tentent de remonter par l'ouverture de la grotte.

Tous les fils reliés à la grotte envoient des lumières rouges fuchsia vers le cerveau.

L'estomac crie famine !

Une autre image montre un puits prêt à déborder. Les parois laissent apparaitre des fissures. La quantité d'eau dans le puits exerce une pression sur les murs à la limite de la rupture. Une vanne condamne l'eau emprisonné qui réclame sa liberté.

Je dois uriner !

De puissantes vibrations se répercutent sur les tympans. Je n'y ai pas encore prêté attention à la cause de ces vibrations... je m'ouvre à l'écoute de ces ondes...

J'entends « Zéphyr, Zéphyr, reviens »

Je connais cette voix...

*Une lumière bleue scintille dans le couloir des souvenirs... Je vois une fille... sa couleur de peau me rappelle les délices du soleil... son sourire me réchauffe le cœur... sa présence me manque...*

*Cassandre !*

*Les nerfs de la main m'envoient des messages de chaleur. Ils subissent une pression continue...*

*Quelqu'un me tient la main !*

*J'entends, je sens, je ressens, je suis de nouveau en interaction avec le monde qui m'entoure... mon navire est de nouveau opérationnel...*

Le capitaine réagit immédiatement. Le mur de glace a disparu. Le rythme cardiaque reprend un rythme régulier et constant.

*Il est temps maintenant ...*

*Je réinvestis la totalité de mon corps...*

*J'ouvre les yeux !*

Zéphyr voit le plafond de sa chambre. Il reconnait les poutres et les murs en torchis qu'il avait entrevus à travers les écrans de ses globes oculaires.

Il tourne la tête et observe sa mère et Cassandre, un pansement enroulé sur le crâne. Les deux femmes le fixent d'un regard inespéré. Cassandre lui tient toujours la main.

En le voyant tourner la tête et ouvrir les yeux, elles crient leurs surprises. Elles relâchent une pression trop longtemps accumulée et un flot ininterrompu de larmes s'écoule sur leurs joues. Elles se jettent sur Zéphyr en l'embrassant !

- *Tu as réussi Mon Zéphyr ! Tu as réussi l'incroyable ! Je t'aime*, lui souffle Miranda.

Encore bouleversé par son aventure intérieure, Zéphyr répond :

- J'étais dans mon corps, Maman. C'est comme si je le visitais et il m'obéissait.

- N'y pense plus mon ange. Je suis trop heureuse que tu sois revenu. Dame Nature, seule, sait ce qu'on croit vivre dans cet état. J'imagine la solitude et l'angoisse que tu as ressenties. Mais oublie tout. Tu es là. C'est le principal. Je t'aime tant.

- Mais non, maman, je n'avais pas peur. J'étais … j'étais bien !

Elle embrasse son fils de tout son saoul comme pour le faire taire.

Cassandre, peu habituée à maîtriser de telles émotions ni à un tel débordement de sentiments, lâche la main de Zéphyr et le frappe au bras.

- Tu m'as fait sacrément peur, triple idiot. Ne recommence plus jamais !

Zéphyr, soudainement tout aussi embarrassé que son amie, abandonne provisoirement son explication avec sa mère et enfile son air taquin.

- C'est la nouvelle mode à Brévor, dit-il en regardant le turban improvisé ? La question lui vaut d'ailleurs une seconde frappe.

- C'est à cause de toi ! Toi, et ta fichue mine cadavérique.

Réalisant que sa mère ne lâche pas son étreinte, Zéphyr sourit :

- Moi aussi je t'aime maman mais si tu ne me lâche pas, il va falloir que j'y retourne pour regonfler mes poumons et réparer ma vessie.

- Frappe-le encore une fois, dit Miranda à Cassandre en souriant.

- Avec plaisir !

Les trois rient alors sans retenue, séchant toujours leurs larmes pour certains, comme pour mieux évacuer la tension des derniers évènements.

Quand le bourreau vous sauvera, bénissez le jour où vous ne l'avez pas condamné, bénissez le jour où sa mère l'a mis au monde.

## 13. Pic de Dante

Après une nuit de repos, Hector et Ramuel terminent de remonter le sentier des crêtes et découvrent la majestueuse face sud du pic de Dante. A la vue du sommet, Hector s'inquiète sur son aptitude à escalader le pic de Dante avec un bras blessé. Certes, il n'a aucun mal à faire abstraction de la douleur. Il a même réussi à retirer le carreau, panser la plaie avec les moyens du bord, désinfecter avec des plantes médicinales mais l'ascension du pic requiert déjà en temps normal, une bonne condition physique, donc avec une blessure à l'épaule, les choses ne se présentent pas sous les meilleurs hospices.

Les deux hommes n'ont cessé de discuter depuis qu'ils ont repris la route. Ramuel a besoin de chasser ses ultimes doutes. Il y a peu, l'image qu'il se faisait des bannis, encore alimentée de croyances populaires, était peu flatteuse. Voilà que cet homme, un ancien Commandeur et qui plus est, Commandeur des armées a bouleversé ses certitudes. Les paroles d'Hector ont trouvé une résonnance particulière chez Ramuel. Il a lui-même été arraché à sa famille pour aller servir l'armée de la République. Il se souvient de ce jour, où le recruteur est venu frapper à la porte. Il garde en mémoire les quelques maigres minutes dont il a disposé pour faire ses adieux à sa famille. Il a rejoint un contingent de jeunes hommes, réquisitionnés comme lui pour passer les tests de sélection de l'armée de la République. Ces souvenirs réveillent l'angoisse de la séparation familiale et les épreuves qu'il a traversées lors du recrutement. Il se souvient aussi de sa fierté lors qu'il est entré chez les organiques en apprentissage. Comme il aurait souhaité pouvoir partager cette fierté avec ses proches. Il ne les a jamais revus.

Malgré tout, il s'interroge toujours sur la voie qu'il a décidé d'emprunter aujourd'hui. A-t-il fait le bon choix ? L'avenir le lui dira mais il est sûr d'une chose : Hector, ancien Commandeur de la Guerre, ne peut correspondre aux portraits populistes des renégats, kidnappeurs d'enfants, égorgeurs sans foi ni loi qu'on leur décrit à la capitale. Il a pris sa décision, motivé par le charisme et les paroles pleines de bon sens de l'ancien officier de la République. Il est certain qu'Hector ne peut pas défendre des causes abjectes.

Le sentier s'arrête au pied d'une falaise dont on devine qu'elle finit par des dents glacées et acérées.

-        *Le passage est entre les deux plus grandes aiguilles,* annonce Hector. *Il faut suivre la faille devant nous puis monter une paroi de cent mètres pour enfin aboutir sur le passage des cheminées. Il ne nous restera plus, alors que la traversée du col enneigé avant d'apercevoir notre destination.*

-        *Vous êtes sûr que cela va aller, Commandeur ?* Lui demande Ramuel.

-        *Si je pense au rôti de cerf que je vais manger ce soir alors rien ne m'arrêtera.*

*Mensonge … vilaine vertu,* entend-il intérieurement.

*Blessure … à soigner...*

*Pèlerin … vérité...*

Il se retourne et voit un montagnard, portant un gros sac sur lequel on devine des piolets et cordes.

- *Ce cher Jalbert a vraiment pensé à tout,* dit Hector en s'adressant à l'homme.

- *A l'éventualité d'une blessure oui, à l'hypothèse d'être accompagné, non,* répond l'homme. *Je m'appelle Théodore mais mes amis m'appellent l'équarrisseur. Il paraît que c'est plus lié à ma réputation de soigneur que de combattant. Alors vous me la montrez cette blessure ?*

Ne sachant trop s'il s'agissait d'un trait d'humour, Hector obtempère, trop conscient que l'aide d'un soigneur cognitif est un luxe dont il ne peut faire l'économie.

Les hommes s'installent au pied de la falaise. Théodore sort de la viande séchée et du pain, ainsi qu'un alcool local dont il vente les atouts thérapeutiques avant toutes interventions de guérison dirigées par ses soins.

Après avoir mangé un morceau, il se place face à Hector qui malgré le froid ne ressent aucune gêne à retirer sa tunique.

- *Y'a du bon à avoir quelques kilos en trop,* lui répond le guérisseur.

- *Le prochain qui me parle de ces kilos va recevoir un poing lancé par un quintal dans la figure,* dit Hector. *C'est ce fichu marquage qui me donne chaud tout le temps.*

- *Il est pourtant en perte de puissance. J'ai parlé des kilos car j'ai relevé dans votre mémoire une certaine frustration sur le sujet. Pouvez-vous faire abstraction de la douleur du bras gauche ?*

- *Oui, allez-y.*

Concentration ...

Théodore pose les mains de chaque côté de la perforation du carreau et se plonge dans son introspection : Chairs et nerfs sectionnés, vaisseaux qui saignent toujours, aucun organe vital touché. Il commence à accélérer le processus de cicatrisation : accélération du flux sanguin, concentration des plaquettes sur les parois cisaillées, évacuation des toxines. Tout en s'attachant à la guérison, il demande :

-       *Vous remarquerez, Commandeur, que je n'ai pas posé de questions jusqu'alors, mais est-il digne de confiance ?*

-       *Un homme qui vous suit par choix est un bien plus fidèle allié qu'une escouade par dépit.*

-       *De toute façon, les meneurs d'hommes tels que vous, dégagent un charisme que nous, cognitifs ressentons fortement. Il est en admiration devant vous.*

-       *Ces fameuses ondes positives ont dû être fortement parasitées lors de ma rencontre avec la dernière patrouille. Mon charisme légendaire, comme vous dites, n'a eu aucun effet sur ces soldats.*

-       *Il n'était pas trop tard pour ce jeune soldat. Ceux à qui vous avez eu à faire récemment, étaient déjà trop embrigadés par les propagandes de l'académie.*

-       *Quel gâchis ! …. Aïe !*

-       *Je croyais que vous aviez isolé l'influx nerveux ?*

-       *Non. Il faut bien que je surveille l'équarrissage sinon je risque de retrouver mon bras figé dans une étrange position.*

-       *Comme vous voulez ! Je vous conseille alors de serrer les dents.*

L'intervention terminée, Théodore marque une pause en soupirant.

-       *Vous êtes impressionnant, Commandeur. J'ai senti que vous m'aviez facilité le processus. Il vous fallait surtout garder vos sensations pour cela. Rares sont les soldats qui supportent une guérison accélérée. Cela devrait tenir jusqu'à votre destination.*

Hector bouge son épaule et son avant-bras. Son visage s'éclaire de satisfaction. Il sent encore les tensions musculaires et les courbatures mais sa perforation à l'épaule et son entaille au bras sont cicatrisées.

- *Merci Théodore. Rappelle-moi de recommander un équarrissage pour les blessés lors de ma prochaine bataille.*

- *Pas sûr que votre charisme légendaire y survive ! Allons-y, si vous voulez être arrivés avant ce soir. Je vous accompagne sur l'ascension du pic.*

Les trois hommes s'équipent. Hector et Ramuel écoutent attentivement les instructions du guide. Ils débutent leur ascension le long de la faille. Le début est une montée facile, ressemblant plus à une succession de grandes marches en pierre, qu'à un véritable exercice d'escalade.

Les trois hommes progressent rapidement. Après deux heures d'ascension, ils arrivent au pied d'une paroi verticale.

- *Maintenant, encordons-nous. Je passerai le premier, Hector au centre et Ramuel en dernier. Pour vous faciliter la tâche, je mettrai une marque noire avec ce bâton de bois brulé sur les prises indispensables, lors des passages délicats.*

Théodore, telle une araignée, démarre l'escalade. Il progresse d'une dizaine de mètres, attend le suivant puis continue pendant qu'Hector assure Ramuel. Leur ascension se déroule sans accroc jusqu'aux vingt derniers mètres en surplomb. Un vent froid d'altitude perce en rafale leurs vêtements. Il emporte avec lui, des nuages de neige provenant des sommets qui réduit la visibilité.

- *Plutôt doué pour un cognitif,* lance Hector lorsqu'il rejoint Théodore sur l'ultime corniche avant le surplomb.

- *Je suis né dans la montagne avant qu'on me spécialise dans la boucherie,* répond-il en souriant.

- *Et maintenant,* demande Hector en observant avec inquiétude le surplomb ?

- Je rêve ou c'est un cognitif qui va apprendre à un organique comment défier les lois de la gravité ?

- J'avoue que j'ai beau ne jamais avoir renoncé dans mes épreuves jusqu'alors. Mais, en ce moment précis, je n'ai aucune stratégie qui va me permettre de faire pousser des ventouses à la place des mains. Il aurait peut-être fallu que tu le fasses au lieu de réparer ma blessure !

- Bonne idée…, répond-il en souriant, mais je n'ai pas le temps. On va faire plus simple. Je vais franchir en premier le passage en surplomb. De là, je fixerai une corde avec des nœuds que je laisserai pendre à l'extrémité du surplomb. Quand vous sentirez la corde qui nous relie se tendre, vous vous placerez face à la paroi et d'une poussée sur les jambes, vous vous poussez d'une impulsion en balancier vers l'arrière, pour attraper la corde à nœuds. Je vous prie de réussir dès la première tentative. Je ne pense pas être capable de vous porter plus de quelques secondes.

Sans laisser le temps à Hector d'exprimer la moindre réserve, Théodore s'élance avec élégance sur le surplomb. Défiant la pesanteur, il reste agrippé à la paroi, ne cherchant même pas les prises. Ramuel qui a rejoint Hector, admire l'agilité du montagnard.

- On aurait peut-être dû lui bander les yeux pour qu'il ralentisse et nous laisse le temps de repérer ses prises, dit le jeune soldat.

- En tout cas, répond Hector, s'il en a marre de l'équarrissage, il pourra donner des cours à une compagnie de blancs-becs organiques.

Théodore disparaît derrière le surplomb. Deux minutes plus tard, une corde à nœuds tombe du ciel. Elle se stabilise sur le bord du surplomb. L'autre corde, qui relie Théodore et Hector se tend. C'est le signal. Hector se retourne, le regard fixé sur la paroi. Il s'agrippe à la corde tendue, et d'une poussée des jambes, se jette dans le vide. En balancement au bout de la corde, il tend le bras pour agripper la corde à nœuds. Une bourrasque de vent, plus forte que les précédentes, dévie la corde et la bloque un mètre plus loin. Hector a manqué sa cible. Son balancement le rapproche de nouveau de la paroi. Hector rectifie la poussée sur ses jambes pour corriger la trajectoire et tenter de récupérer la corde à nœuds. Sa seconde tentative aboutit encore sur un échec. L'amplitude du balancement n'est plus suffisante pour lui permettre de regagner la paroi et tenter un troisième essai. Il est suspendu au bout de sa corde. Ses pieds flottent dans le vide. Hector entend une voie intérieure.

... *pas tenir longtemps ... trop lourd...*

Sans hésiter, Ramuel qui a, malgré tout, tenté de retenir les traces du guide, s'élance sur le surplomb. Il détend son esprit ...

Abstraction ...

*Je fais abstraction du vide... Je m'imagine au-dessus du sol... il n'y a pas de surplomb...*

Agilité ....

*Je me focalise sur la souplesse des muscles et des tendons... mes doigts sont des pinces indéfectibles... elles agrippent le moindre interstice dans la roche et ne lâchent jamais leurs prises... mon corps est léger comme une plume...*

Comme son prédécesseur, il passe le surplomb et attrape la corde à nœuds. Tout en la débloquant, il vérifie qu'Hector puisse s'en saisir. Théodore sent le relâchement de la tension dans la corde qui assure Hector et s'appuie, exténué contre la paroi en dessus du surplomb.

Il voit la tête de Ramuel apparaître, tout sourire.

\-      *C'est quoi le cours suivant ? On marche en équilibre sur les aiguilles rocheuses les mains liées dans le dos ?*

Il est rapidement suivi d'Hector.

- *Promis, au retour, je passe par la vallée de la Tumulte même si je dois pour cela affronter une armée de soldats d'élite. Cela sera toujours moins dangereux.*

Le passage des cheminées est moins périlleux mais plus exposé au vent glacial du Nord. Ils accèdent alors au col enneigé. Les rafales de vent les recouvrent d'une épaisse couche de neige glacée. Les trois hommes marchent dans le silence, tous trois concentrés sur leurs aptitudes respectives face à l'agression des éléments. Théodore ouvre la cordée et déblaye le passage. Il s'enfonce jusqu'à la taille. Hector et Ramuel suivent machinalement la tête repliée sur le sternum pour exposer le moins possible leur visage aux rafales de vent. Chacun est plongé dans ses pensées en silence.

Hector est conscient que sa vie de fermier touche à sa fin. C'est un mélange de nostalgie et d'excitation. Même si ce qu'il a vécu avec Miranda a largement compensé ses frustrations, il va pouvoir retrouver son rang de Commandeur et renouer quelques temps avec sa vie de soldat. Les premières montées d'adrénaline ressenties lors de ses combats le long de la rivière des Larmes ou dans le sentier des crêtes ont agi comme une drogue après un sevrage prolongé.

Ramuel, quant à lui, ne cesse de penser à son arrivée prochaine chez les bannis. Sera-t-il considéré comme un traitre, en constante observation ? Comment sera sa vie chez des renégats habitués à vivre reclus dans la montagne ? Les conditions de vie, si elles sont similaires à cet endroit, doivent être rudes et hostiles. Même s'il ne remet pas en cause sa décision, il risque de regretter sa caserne et son lit.

La progression est lente et pénible. Les organiques font appel à leurs dons pour résister aux conditions agressives du terrain.

Survie …

Le col passé, la cordée s'arrête sans qu'ils se soient concertés. Premier de cordée, Théodore sourit à l'attention de ses deux poursuivants. Il montre l'horizon comme un cadeau qu'on donne à deux élèves ayant bien travaillé. Théodore, sans jamais l'avouer jusqu'alors, sait au combien cette ascension est périlleuse.

C'est un tout autre paysage qui s'ouvre à eux. Sa vision leur regonfle le moral, jusque-là quelque peu refroidi. Ils contemplent la vallée en contrebas. On devine les alpages traversés par le départ de la Tumultueuse. La rivière semble prendre sa source d'une magnifique cascade jaillissant d'une nouvelle barre rocheuse. Derrière la paroi, surgissent les majestueuses cimes des Monts Glacés qui perforent le ciel. Hector qui n'était pas revenu depuis quinze ans, reste ému devant la beauté du paysage. Ramuel ne masque pas son soulagement à la fois d'être au terme de la partie difficile du voyage mais surtout de deviner que les bannis ne vivent pas dans des igloos constamment soumis à des vents et des températures polaires. Théodore est le premier à rompre le silence :

- *Je vous laisse ici. Ma mission est terminée. Je dois repartir assurer la surveillance du col en amont. Bonne chance Commandeur. Vive la liberté !*

- *Merci Théodore et adieu ! Je vais devoir reprendre ma vie sous couverture,* se contente de répondre Hector.

- *Je suis sûr qu'on se reverra plus tôt que prévu, Commandeur. A bientôt.*

*Viendra le jour où vos enfants s'envoleront de leurs propres ailes,*

*Viendra le jour où vous pourrez vous reposer,*

*Viendra le jour où votre travail est terminé,*

*Viendra le jour où vous pourrez penser à vous,*

*Ce jour-là sera le plus sombre de votre vie.*

# 14. Recrutement

Le lendemain du réveil de Zéphyr, Miranda déjeune avec ses deux fils. L'ambiance devrait être joyeuse mais Miranda et Zéphyr semblent préoccupés. Virgile, quant à lui, se sert pour la quatrième fois, de soupe au lard.

- *On dirait que c'est toi qui n'as pas mangé pendant deux jours,* lui lance Zéphyr.

- *Je te signale, fainéant, que pendant que Monsieur dormait tranquillement, je me suis tapé tous les travaux que Monsieur n'a pas daigné faire, trop occupé à ronfler. Et pendant que Monsieur y faisait des papouilles à sa maman à son réveil, je finissais toujours sa punition ! Rien de plus normal alors, que la portion de Monsieur me revienne de droit.*

Zéphyr, n'ayant pas de contre argument, change de sujet pour interroger à nouveau sa mère sur son épisode d'inconscience. Son esprit ne peut se détacher de son expérience intérieure, ni de la réaction de son père, parti chercher un soigneur à des kilomètres de là, dans un territoire hostile. Pourtant Miranda semble détourner les réponses à chaque fois.

- *Pourquoi aller si loin pour trouver un guérisseur ? C'est en territoire banni. C'est dangereux. Ça n'a pas de sens !*

Miranda élude encore la question de Zéphyr avec beaucoup de persuasion. Elle fait appel à tous ses talents de cognitive mais note la frustration de son fils.

- *Nous avons d'abord appelé un soigneur de l'abbaye. Mais il nous a affirmé qu'il ne pouvait rien pour toi. Alors qu'est-ce que tu ferais, toi, si ton fils, sans explication apparente, tombe dans l'inconscience et semble glisser vers la mort ? Et bien nous, nous irions jusqu'au bout du monde, s'il le fallait. Tu as été touché par un homme qui vient de ce territoire. Nous pensions qu'il nous fallait un guérisseur de là–bas. Ne t'en fais pas pour ton père ! Il ne lui arrivera rien.*

- *Comment peux-tu en être aussi sûr ? Il n'a aucune chance contre des rebelles bannis.*

- *Qui pourrait s'intéresser à un simple fermier ? Il ne représente aucun danger pour les bannis.*

- *Où est le banni qui m'a touché ?*

- *Disparu ! Le temps qu'on prévienne les gardes de la République, il avait disparu.*

- *Qu'est-ce qu'il m'a fait ?*

- *Je pense qu'il t'a fait une telle peur que tu as perdu connaissance.*

- *C'est le sommeil des Trouillards,* répond Virgile entre deux cuillères !

Ignorant la remarque de son frère, Zéphyr continue son interrogatoire n'arrivant pas à donner un sens cohérent à toutes ces énigmes.

- *Mais Maman, je te répète que je n'étais pas inconscient. J'étais dans mon corps et je le contrôlais. C'était magique !*

- *On va t'appeler Commandeur des histoires,* relance Virgile.

- *VIRGILE !* Intervient sèchement Miranda.

Virgile est surpris par la véhémence inhabituelle de sa mère. Visiblement, elle est nerveuse. Elle poursuit pour Zéphyr.

- *Les sages guérisseurs appellent cet état, le sommeil aléatoire. Tous ceux qui en reviennent racontent des expériences différentes. La tienne a été d'avoir le sentiment d'être en toi et de devoir en sortir. On ne sait pas pourquoi ni quelles stimulations permettent aux personnes de se réveiller. Mais tu es là et en pleine forme ! C'est le plus important. Le mieux, désormais, c'est d'oublier cet épisode.*

- *Mais je pourrais essayer d'y retourner pour te le prouver...*

- *NON ! Zéphyr ne joue pas avec la mort. Elle finira par t'attraper. Ta vie est précieuse.*

Tout autant surpris que son frère par la rudesse de la dernière réponse, Zéphyr n'insiste pas. Mais il sait qu'il n'a pas rêvé... C'était si réel.

Au même moment, On frappe à la porte de la ferme. Zéphyr se lève brusquement et court ouvrir.

- *Ce doit être papa,* crie-t-il tout euphorique. *Je vais lui dire que tout va bien.*

Il ouvre et découvre, déçu, un homme, crâne rasé, queue de cheval en tunique grise accompagné derrière lui de trois soldats de la République.

- *Officier de Recrutement de la République,* se présente l'homme en gris.

Amer que son vœu ne soit pas exaucé, il appelle sa mère.

- *Maman, il y a un monsieur de la République.*

Miranda arrive sur le seuil de la porte et d'une main protectrice recule son fils à l'intérieur.

- Officier de recrutement, Madame. Nous venons sonder vos enfants.

- Sonder mes enfants ? Vous devez fait erreur. Ils n'ont que quinze et seize ans. Revenez dans deux ans.

- La loi a changé, Madame. Le prélèvement se fait plus tôt, dès quinze ans, à la suite du dernier décret de la République. D'après nos informations, vous avez deux fils éligibles. Veuillez ne pas opposer de résistance ou je serai contraint de vous considérer comme une opposante à la République.

Tout se met à aller très vite dans la tête de Miranda. Ce qu'elle a toujours redouté arrive bien plus tôt que prévu. Et pourtant elle est face au moment pour lequel la Famille a décidé qu'elle vienne s'installer avec Hector il y a des années dans cette ferme. C'est pour gérer cet instant que ses compétences sont nécessaires. Elle savait qu'elle devrait un jour affronter ce moment déchirant. Se retrouver en face de cette épreuve est pourtant bien plus terrible que ce qu'elle avait imaginé. Tant bien que mal, elle se concentre …

*Pourquoi si tôt ?...*

Nouvelle concentration …

*Il est si jeune …*

- Madame ? Dois-je entrer en force ? N'êtes-vous pas fière qu'un de vos fils puisse servir la République ?

Cette dernière réplique fonctionne comme un sésame pour Miranda qui se reprend.

- Euh… si bien sûr. Veuillez m'excuser mais c'est que j'aurai voulu que celui qui va être choisi puisse dire au revoir à son père.

- Pourquoi, où est-il parti ?

Elle retrouve sa concentration acérée qui avait fait sa réputation quand elle excellait dans son art de prédilection. Elle sait qu'elle a un officier cognitif en face d'elle. Il est donc capable de détecter les variations thermiques et l'accélération des pulsations liées au mensonge.

- *Il est parti il y a deux jours voir une connaissance et doit revenir dans deux jours,* affirme-t-elle, ne donnant donc aucune information compromettante puisqu'à quatre jours de marche pour tout non-initié, de nombreux bourgs existent, tous en territoire libre.

- *Non, la République n'attend pas et il reverra son père ... un jour.*

Cette fois c'est Miranda qui décèle clairement les signes sensoriels du mensonge. L'ancien agent cognitif qu'elle était, continue son devoir.

- *Entrez, je vous prie.*

L'homme s'installe à table en face des garçons en les observant avec attention. Les garçons sont impressionnés par le recruteur et regardent leur mère. Ils connaissent les lois du recrutement. Tous les jeunes garçons en parlent entre eux. Beaucoup souhaitent être recrutés par la République, pour l'aventure, le salaire, pour quitter les charges quotidiennes de la ferme, du moulin ou de la forge mais tous sont terrorisés quand vient l'instant fatidique.

Miranda s'installe à côté de ses garçons, pour bien voir le visage du recruteur.

Le recruteur pose quelques questions, tout en se concentrant sur les deux frères.

- *Qui court le plus vite de vous deux ?*

Aucun des garçons ne répond, regardant leur mère.

- *Répondez les enfants,* dit-elle avec délicatesse pour les rassurer.

Zéphyr se tourne vers le recruteur

- *C'est moi, Monsieur.*

- Est-ce que l'un de vous a déjà eu l'impression de ressentir ce que pensent les autres ? Ou d'avoir une influence sur eux.

- Non, monsieur, répondent les deux garçons.

- L'un de vous a-t-il déjà ressenti les vibrations du feu, de l'eau, des arbres ou de la terre ?

Les deux jeunes hommes oscillent négativement la tête.

- Est-ce que l'un de vous a déjà eu le sentiment de parler avec son corps ?

- Moi, Monsieur, répond Zéphyr, un peu trop promptement. Il est trop satisfait que quelqu'un puisse lui poser cette question. Il n'a pas jusqu'alors réussi à convaincre sa mère. Mais à peine a-t-il répondu qu'il se tourne, gagné par la culpabilité, vers sa mère. Il faut bien avouer qu'elle a fait tous les efforts du monde pour occulter et nier son passage inconscient. Avec le recul, il ne sait pas s'il devait répondre aussi spontanément. En croisant le regard de Miranda, il ne voit aucune réaction de réprimande, ni de colère. Elle semble concentrée uniquement sur le recruteur et ne lâche pas des yeux le soldat.

Le recruteur s'attarde alors sur Zéphyr. Le recruteur est en train de sonder le jeune garçon. Il ressent le contrôle que le garçon a sur lui-même. Il a noté que Zéphyr, sans s'en rendre compte est en train de réguler son rythme cardiaque, de calmer et modérer l'influx d'adrénaline. C'est un organique en puissance. Le contrôle est même intense pour son âge. Il constate que le jeune homme cherche à apaiser une nervosité. Il semble chercher l'approbation de sa mère. Le recruteur met l'incertitude de Zéphyr sur le compte de l'ignorance de la mère. Comment peut-elle comprendre les dons d'un organique ? Elle a dû nier sans cesse les sensations ou particularités de son fils, ne pouvant comprendre ce qu'il lui racontait.

Il s'interroge sur la particularité de l'œil de Zéphyr. Il se demande si cet œil est une infirmité trop handicapante pour les besoins de la République. Soudainement, le recruteur jette une cuillère sur la gauche de Zéphyr, du côté de l'œil à l'iris multicolore. Par réflexe, le jeune garçon rattrape la cuillère.

*Non ce n'est pas une infirmité,* conclut-il.

Miranda ne perd pas une miette du raisonnement du recruteur.

- *Comment cela t'est-il arrivé,* dit-il en pointant du doigt l'œil de Zéphyr ?

- *C'est de naissance,* dit Zéphyr.

Miranda observe avec attention les réactions du recruteur.

Sondage...

Comme prévu, il a clairement choisi Zéphyr pour ses aptitudes organiques évidentes. Mais il est sceptique sur l'anomalie oculaire de Zéphyr. Dans le doute, il songe à remonter l'information concernant l'œil à ses supérieurs. Il juge que c'est un détail important, qui lui rappelle quelque chose...

Miranda met alors tout son talent en exergue. Elle évalue le pouvoir du cognitif en face d'elle. C'est un jeune officier, maîtrisant son art correctement mais sans commune mesure avec elle. Elle fixe le recruteur et annonce doucement et en appuyant sur chaque mot :

- *C'est une forme de dépigmentation oculaire qui n'entrave en rien le fonctionnement de l'œil. C'est une banalité anatomique qui ne mérite pas qu'on s'y attarde sauf à passer pour un incompétent auprès de sa hiérarchie.*

Après un instant de silence, le recruteur dit :

- *J'ai déjà entendu parler de ce type d'iris coloré : c'est une dépigmentation oculaire... bizarre mais sans intérêt.*

Les deux garçons regardent avec surprise leur mère. Aucun des deux frères n'a pipé mots de ce qui vient de se passer. Ils ont surtout été interloqués par la tonalité de voix de leur mère. Les syllabes semblaient prononcées avec une tonalité... cristalline. Aussi surprenant soit-il, les terminaisons des mots résonnaient dans la pièce avec un écho envoutant.

Le recruteur, comme s'il n'avait rien remarqué, continue, en s'adressant à Zéphyr :

- *Bien, mon garçon, tu vas m'accompagner. Tu as la chance de rejoindre les serviteurs de la République. Ta famille peut être fière de toi.*

Zéphyr regarde pour la dixième fois sa mère, interrogatif, se demandant pourquoi elle ne réagit pas, ne hurle pas, ne rejette pas à coups de pieds ce recruteur en dehors de la ferme.

- *Bravo Zéphyr, je suis fière de toi,* répond-elle simplement, en s'approchant de son visage.

Le monde protecteur de Zéphyr s'écroule. Il vient de comprendre que sa mère ne s'opposerait pas à son recrutement. Au plus profond de lui, il sait que c'est impossible. Elle se ferait tuer pour avoir osé s'interposer mais imaginer que dans quelques instants, il va quitter son refuge familial, son frère, les parties de pêche, les blagues avec Cassandre et Virgile, la chaleur du feu de bois, le soir, la sérénité de la forêt autour de la ferme, le terrorise. Toute son âme refuse de faire le deuil de ce qu'il connait, de ce qu'il aime pour plonger vers un inconnu sans repère, assurément violent et probablement sans retour.

- *Mais maman, je n'ai que seize ans. Je veux rester ici avec toi… et papa… et Virgile.*

Elle prend la tête de Zéphyr entre ses mains, et les larmes aux yeux, fait le sondage le plus difficile de sa vie.

- *Écoute-moi bien, Zéphyr. Je t'aime de tout mon cœur. Te voir partir est un déchirement dont je ne suis pas sûre de me remettre. Mais c'est inespéré pour toi. Je serai fière de te revoir avec la tenue des officiers de la République. Tu défendras les valeurs de la Grande République, celle qui protège les opprimés, éduque les enfants, respecte les hommes, distribue les vivres pendant les grands hivers, soigne les citoyens.*

En disant ces mots, Miranda ne ment pas. Elle pense chaque mot, chaque phrase qu'elle vient de prononcer. Le recruteur ne peut donc en aucun cas percevoir le moindre mensonge. Il ne voit qu'une mère effondrée de laisser partir son fils si vite. Il voit cette mère courageuse qui décrit l'idéal populaire de la République que la propagande répand constamment, comme pour mieux rassurer son fils... ou elle-même.

- *N'oublie jamais Zéphyr d'où tu viens et dans les moments difficiles, pense à moi. Tu entends ? Pense à moi et tu sauras où est ta voie. Au revoir mon fils, va et deviens mon défenseur de la République.*

Les larmes tombent sans retenue chez Miranda. Elle continue de fixer Zéphyr. Celui-ci semble plongé dans les yeux de sa mère adoptive. Après quelques secondes, il embrasse sa mère d'une étreinte ... et voit dans un monde intérieur...

*...Une lumière bleue scintille bien plus fortement que les autres dans un couloir... un souvenir... qu'il est sûr de garder à jamais... sa maman, en pleurs... ses mots gravés dans sa mémoire : je suis fière de toi...je t'aime... Va mon fils... pense à moi et tu sauras où est ta voie...*

Il se retourne vers Virgile, toujours abasourdi par ce qu'il se passe.

- *A bientôt mon frère ! Prends soin de maman et dis à papa que je l'aime.*

Puis il se tourne vers le recruteur presque machinalement.

-        *Félicitations mon garçon. J'ai rarement recruté des garçons aussi courageux que toi. Tu as un grand avenir dans la République. Suis-moi.*

Miranda regarde son fils partir, en serrant Virgile contre elle. Zéphyr s'éloigne encadré par les soldats et précédé de l'officier de recrutement. Miranda, les yeux humides, rumine ses pensées.

*Tu ne penses pas si bien dire, officier.*

*Quant à toi, Yvoire, ma chère sœur, j'ai fait pour toi le plus dur sacrifice qu'une mère puisse faire.*

*J'espère que cela en vaudra la peine.*

Devant la détresse de sa mère, Virgile réalise peu à peu qu'il vient de voir son frère pour la dernière fois avant un long moment. Il est sidéré par la rapidité avec laquelle la scène s'est déroulée. Il a eu à peine le temps de saluer son frère. Il cherche à calmer ses inquiétudes auprès de sa mère.

- *On le reverra, n'est-ce pas, Maman ?*

Miranda ne voile absolument pas son chagrin devant son fils.

- *C'est mon vœu le plus cher, Virgile. Ton frère suit son destin désormais.*

L'apparence permet aux ignorants de juger. L'apparence oblige les sages à patienter, afin d'éviter de se tromper. Quand vous verrez un aveugle, voyez le sage qui rayonne en lui.

## 15.  Reine des bannis

Hector et Ramuel ont laissé Théodore à sa surveillance du pic de Dante. Ils activent le pas pour atteindre la barre rocheuse du cratère avant la soirée. La descente est un véritable délice en comparaison du périple qu'ils viennent de traverser. Ils arrivent au pied de la cascade.

-       *Encore de l'escalade ! Je vais finir par croire que vous aimez cela,* dit Ramuel

Sans relever la note sarcastique de Ramuel, Hector reste sérieux.

-       *Ramuel, nous arrivons au terme de notre voyage. Mais tu dois savoir qu'à partir de maintenant, tu n'auras plus le droit à un retour en arrière.  Je ne t'aurais pas amené ici, si je n'avais pas pressenti ta profonde conviction en une République juste. Cependant, je ne peux pas prendre de risques. De ton propre libre arbitre, tu m'as suivi. A partir de maintenant, je suis garant de ta fidélité. Saches que tu seras épié par des cognitifs et qu'au premier faux pas, je devrais te tuer. Quelle est ta décision ?*

-       *Je vous remercie de votre franchise, Commandeur. Ma décision est prise depuis longtemps. Je ne suis pas naïf. Je sais qu'on me suspectera un moment. Mais vous avez vu juste. On se sent mieux quand on vit en harmonie avec ses principes. Je me sens libre depuis une journée. De plus, qui viendra vous sauver quand il faudra monter la paroi en face de nous ?*

- *Oh je ne risque rien cette fois,* sourit Hector, *à part de finir trempé jusqu'aux os. Suis-moi. Mais cela va secouer un peu,* ajoute-t-il.

Hector s'engage dans la cuvette créée par le reflux de la cascade. Arrosé par la brume et les jambes immergées, il se dirige droit vers la zone d'impact de la chute d'eau. La température est glaciale. Il traverse la cascade à l'endroit où le débit est moins dense. Ramuel se retourne vers le Pic de Dante une dernière fois. Il sait qu'il tourne une page de sa vie. Il fait le vide en lui. Il ne sait pas exactement ce qui l'attend derrière la cascade mais il sait ce qu'il laisse ici : une vie où il n'était pas heureux, une vie qu'il vivait par automatisme, sans conviction, sans passion. Il suivait les ordres, quels qu'ils soient. Il a été recruté de force, entrainé, affecté au sud sans jamais avoir son mot à dire. Pour la première fois, il décide de prendre son destin en main. Il fait de nouveau face à la cascade et suit son guide.

Le jeune officier ressort trempé derrière le rideau d'eau. La porte naturelle cache une grotte taillée par le temps et l'érosion. Huit arbalètes pointent le soldat. Il ne s'attendait pas à un tel accueil dans les entrailles du cratère. Il espérait plutôt un bon feu de camp pour se sécher tranquillement. Il constate avec inquiétude qu'Hector, à ses côtés, est également dans la ligne de mire des soldats.

- *Mot de passe,* demande l'un des gardes, tout de noir habillé.

Hector se demande si ces soldats font partie du cercle de confiance de la Guide. Le seul sésame qu'il connaisse a été établi il y a plus de quinze ans et n'est connu que d'une poignée de personnes ultra confidentielles. Il comporte trois niveaux de sécurité. La question, concernant la nourriture du pèlerin, constitue le premier niveau de sécurité. Les fidèles ayant connaissance de la première clé sont nombreux. La réponse est connue théoriquement par tous les membres de la Famille. Elle permet d'identifier tous les bannis qui œuvrent dans l'ombre pour faciliter l'avènement de L'œil. La seconde question, rassemble les deuxième et troisième niveau de sécurité. Outre le fait de répondre que la nourriture du pèlerin est le fruit de l'ivoire et de l'ébène, la réponse s'accompagne d'une clé supplémentaire de compréhension. Celui qui dévoile le mot de passe doit visualiser l'œil de manière à ce qu'un cognitif à la recherche de la troisième clé puisse repérer l'image de la clé par sondage. A sa connaissance, seuls La Guide, Miranda, Jalbert et lui-même connaissent l'intégralité du code. Jalbert n'a d'ailleurs jamais révélé à ses agents la totalité du code. Hector ne prend aucun risque à dévoiler le premier niveau.

- *Vérité.*

- *Qu'est-ce que vous me racontez ?* Répond l'officier de garde.

Visiblement, il hésite sur la conduite à tenir. Il n'a jamais dû se retrouver dans ce genre de situation. L'entrée de la grotte est absolument invisible derrière le rideau. L'arrivée d'intrus sans invitation dans le repère secret du cratère n'est pas ordinaire.

- *Désarmez-les et emmenez-les.*

Hector s'attendait à un meilleur accueil mais il excuse ces jeunes soldats. Ils ne devaient pas être en fonction il y a quinze ans. Il est donc logique qu'ils ne connaissent pas l'un des instigateurs avec la Guide de la résistance et fassent preuve de rigueur dans l'exécution de leur mission. Mieux vaut ne pas faire preuve d'un orgueil déplacé. Il obtempère et fait signe à Ramuel de faire de même. Ramuel qui jusque-là avait idéalisé son arrivée chez les bannis, commence à douter. Il sent la nervosité de l'officier en face de lui. Finir embroché par une épée ou un carreau d'arbalète alors qu'il imaginait commencer une nouvelle vie, refroidit tout son optimisme. Ce dernier s'adresse à son guide.

- *J'espère que je ne vais pas regretter de vous avoir suivi, Commandeur.*

- *Commandeur ?* Interroge celui qui apparemment dirige la patrouille de garde.

- *Oui, Commandeur ! Bande d'ingrats,* répond Ramuel excédé qu'on puisse manquer à ce point de respect pour son mentor. *Vous avez en face de vous le Commandeur Hector, ancien Commandeur de guerre de la République. Le seul que vous devriez cibler de vos arbalètes c'est moi qui suis vêtu en apparence de l'uniforme des officiers de la République.*

Hector sourit en voyant l'audace de son nouveau protégé. Il bénit sa décision de l'avoir épargner. Son flair ne l'a pas trompé. Il a décelé chez le jeune homme, les valeurs qu'il chérit tant et les aptitudes au commandement, si toutefois on avait bien voulu offrir une formation adéquate à celui-ci.

Visiblement perturbé par la tournure des derniers échanges verbaux, le jeune officier banni commande à un garde d'aller chercher leur supérieur. Certes appliqué dans son devoir, il ne souhaite pas commettre d'impair avec ses deux prisonniers. Le doute s'est installé.

- *Gardez-les en joue ! Si c'est vraiment vous Commandeur, je vous prie d'excuser mon zèle. Ma fonction l'oblige. Si à l'inverse, l'ordre à venir me révèle que vous êtes deux imposteurs, vous serez exécutés sur le champ.*

- *Ne changez rien, soldat. La Guide n'attend pas d'autres réactions de votre part,* répond serein Hector.

Le groupe continue d'avancer dans la grotte. Elle s'étale en profondeur. La voute se rétrécie pour finir sur une lourde porte en chêne, renforcée par des arceaux métalliques. Deux meurtrières sont percées de chaque côté de l'ouverture. La patrouille s'arrête, tient en respect les deux inconnus et attend.

Après quinze interminables minutes, la porte s'ouvre lentement pour laisser place à tout une escouade avec à sa tête, un homme, bien bâti, d'une cinquantaine d'années.

- *Par la Madone de Brévor ! C'est bien vrai ! Commandeur… C'est incroyable ! Soldat, baissez vite vos armes ! Vous avez en face de vous une légende vivante, le Commandeur des armées en personne, celui qui m'a tout appris.*

- *Je dois te féliciter, Yldéric. Tu as parfaitement instruit tes hommes,* répond Hector.

La tension qui régnait dans la grotte jusqu'alors, baisse d'un cran. Le responsable de la patrouille de garde est ravi que son supérieur prenne les directives. Tous sont soulagés de ne pas avoir commis l'irréparable.

- *Vois-tu, Hector, les hommes qui t'ont accueilli ne sont pas des transfuges de la République. Ils font partie du premier contingent formé ici même.*

- *Impressionné.*

- *Pour la forme, Commandeur, tu voudras bien m'excuser mais il faut que je te pose une question : quelle est la nourriture du pèlerin ?*

- *La vérité, Yldéric.*

- *Allez, suis-moi ! Tu n'es pas revenu pour vérifier la tenue des troupes n'est-ce pas ?*

- *En effet, je dois repartir au plus tôt après avoir vu la Guide.*

Hector et Ramuel suivent Yldéric dans un tunnel creusé par l'homme. Deux rangées de torches éclairent leur longue traversée. Tous les vingt mètres, des meurtrières sont percées latéralement. On devine qu'un second couloir est accessible pour les défenseurs.

- Alors tu es Commandeur maintenant, demande Hector ?

- Et le premier nommé par la Guide, mon cher. Il a bien fallu remplacer son Commandeur favori. Qui de mieux pour cette tâche, si ce n'est le fidèle Garant qui l'a suivi dans toutes ses batailles. Elle a jugé que j'avais les mêmes aptitudes que toi, en moins grognon, a-t-elle ajouté.

- C'est tout ce qu'elle a ajouté ? elle n'a dit en moins beau ou en moins costaud ?

- Non, elle n'a rien dit de tout cela.

Les deux vétérans rient. La boutade a pour effet de définitivement détendre les pointes de tensions chez les gardes dans ce long couloir sombre.

- Tu noteras, Commandeur, que je ne pose pas de questions. Pourquoi es-tu parti il y a des années, sans explication à ton plus fidèle Garant ? Pourquoi la Guide n'a jamais condamné ton retrait de la Famille ? Elle m'a juste expliqué, en tant que nouveau Commandeur des armées, que toi et Miranda étaient les seuls que je pouvais considérer éternellement au-dessus de tous soupçons. Quelle marque de confiance de la part de l'une des plus grandes cognitives de la République depuis des années ! Les rumeurs disent que tu es parti planter des choux. Le grand Hector, stratège de guerre, planteur de choux ! J'ai failli mourir de rire !

- Les rumeurs disent vrai, répond sobrement Hector.

- Allez Commandeur ! J'ai compris que je ne devais pas poser trop de questions mais si tu n'avais planté que des choux, tu n'aurais jamais pris tous ces kilos !

- … Et élevé des porcs bien gros et bien gras.

- Ah voilà, je savais bien que les rumeurs étaient fausses, répond Yldéric avec ironie.

Les deux hommes rient de plus belle. La complicité palpable entre les deux vieux amis de guerre pourtant séparés par plus d'une décennie suscite l'admiration de toute l'escouade. Ils ont immanquablement vécu ensemble des faits de guerre qui vous soudent une amitié éternellement.

-        *Qui est ce jeune homme ?*

-        *Un nouveau transfuge. Et crois-moi, même si je n'ai pas exercé depuis quinze ans, c'est le meilleur que j'ai repéré. Je te présente Ramuel, jeune ex officier de la République.*

-        *Nous n'avons pas eu de transfuges depuis ton départ, Hector. La crainte de l'espionnage en est la principale raison. Même si j'admire le meneur d'hommes que tu es, j'ai parfois trouvé que tu prenais des risques trop élevés en ramenant des transfuges.*

-        *Quels risques ? Qu'ils dévoilent le village de la Famille ? Ne crois-tu pas que s'ils avaient décidé de nous exterminer, ils nous auraient déjà repérés en envoyant un bataillon d'éclaireurs cognitifs ? Ce n'est pas qu'ils nous trouvent, le vrai risque. Ils nous trouveront. Le vrai risque c'est de voir toute une génération de bons soldats, d'officiers prometteurs dupés dans leurs idéaux et incités à se fourvoyer dans des causes qui ne sont pas les leurs.*

Après dix minutes de marche, ils aboutissent sur une nouvelle porte renforcée. Les meurtrières sont plus nombreuses. Ramuel remarque des logements cylindriques percés dans le plafond vouté du tunnel. On devine l'extrémité d'une lance acérée dans chaque compartiment. Hector note le regard curieux de son nouveau poulain.

-        *Plafond piégé sur les trente derniers mètres avant la sortie ! une invention de Walfried le kinesthésique. Même si l'entrée du cratère, la première porte et le tunnel de garde était franchis par une armée, elle buterait un long moment ici-même. Maintenant regarde et tu me diras si tu as eu tort de me suivre.*

Le Commandeur Yldéric donne des ordres par une meurtrière. Un panneau coulisse sur la porte et un garde vérifie l'identité du Commandeur. Le panneau se referme et les portes s'ouvrent ...

La vie est une sélection. Les seuls êtres vivants à avoir passé brillamment le test depuis des millions d'années sont les insectes. Les vainqueurs du temps ne sont pas les plus forts. Ce sont ceux qui ont su adapter leurs espèces.

# 16. Sélection

C'est la première fois que Zéphyr va franchir les portes de la première ligne de remparts de Brévor. Il est accompagné d'une vingtaine de jeunes garçons de quinze à dix-sept ans. La plupart n'a jamais vu la capitale de l'intérieur. Certains pleurent, se faisant railler au passage par les soldats, d'autres au contraire sont radieux comme s'ils se voyaient déjà les élus de la République, des supers guerriers au palmarès militaire impressionnant. Ils observent avec dédain leurs voisins pleurnichards.

Une fois l'enceinte de la capitale franchie, Zéphyr est sous le choc. De l'extérieur des remparts, il ne faisait que deviner la beauté de l'architecture centrale de la ville. La réalité est au-delà de ce qu'il a pu imaginer. Il n'a jamais vu d'aussi somptueuses maisons ni échoppes. Les habitants rivalisent d'élégance dans leurs tenues vestimentaires. Les hommes, crâne rasé, portent une natte pouvant descendre jusqu'aux reins. Les femmes drapées de robes colorées, portent toutes un chignon décoré de fleurs et de bijoux. Son premier contact intra-muros adoucit l'amertume de son recrutement par les services de la République qui viennent arracher un enfant à sa famille. Si toutefois, c'est cette même République qui permet de construire de si beaux bâtiments, d'instruire ses citoyens, d'améliorer leur niveau de vie, comme le laisse apparaitre le monde faste à l'intérieur des murs, alors servir la République est une noble entreprise. Machinalement, il inspecte sa propre tenue. Une vague de honte l'envahit. Nul besoin d'être devin pour constater qu'il est étranger à ce grand monde, lui, un simple garçon de ferme. Sa mère lui a prédit un grand avenir au sein de la République. Elle voulait le rassurer, l'encourager. Il réalise avec déception que c'était une prédiction affective mais non réelle. Comment peut-il avoir sa place au sein de ces nobles élus ? Il n'a ni la naissance, ni l'instruction, ni les moyens de les côtoyer. Au mieux, il sera fantassin et gagnera une solde lui permettant de reprendre la ferme de ces parents.

Après une longue marche pendant laquelle les garçons en prennent plein les yeux, le groupe s'oriente vers les portes de la seconde ligne de remparts. L'entrée est fortement gardée. Les soldats patrouillent sur les remparts, arbalètes chargées. Après les contrôles d'usage, on laisse les garçons et leurs accompagnants entrer dans l'enceinte. Le paysage est tout autre. L'opulence, les couleurs, les signes extérieurs de richesse ont laissé place à la sobriété. Ils pénètrent dans les quartiers militaires. Ils admirent de près la majestueuse forteresse de Brévor. Même si elle conserve le style robuste et organisé de l'architecture militaire, sa taille surplombe l'ensemble de la ville. Les jeunes se sentent soudainement insignifiants devant l'édifice. Ils s'écartent du lieu où les grands décideurs de la République se rassemblent pour longer des baraquements alignés. Aucun détritus ne traîne au sol. Les allées sont dégagées et propres. Ils croisent régulièrement des sections de soldats, avançant au pas.

Le groupe de recrutement s'arrête au centre d'une place d'armes. Le plus gradé des soldats s'adresse aux garçons en leur sommant de se tenir bien droit et de patienter. En face d'eux se dresse un bâtiment plus imposant que les baraquements, sans doute destiné à des fonctions plus administratives.

-      *Bon, les bouseux, vous vous mettez au carré. Si j'en vois un qui pleurniche, qui se gratte le nez ou même qui bouge sans mon autorisation, je m'occupe personnellement de son instruction jusqu'à ce qu'il vomisse ses tripes.*

Après une bonne demi-heure d'attente dans le froid, deux hommes en tunique grise daignent sortir et se positionnent devant le groupe. Les soldats encadrant le groupe de garçons se fixent à l'arrivée des deux supérieurs.

-      **Bonjour messieurs,** dit calmement l'un des officiers. *Vous avez la chance d'appartenir au cercle fermé des serviteurs de la République. La République vous offrira tout ce dont vous rêvez si toutefois vous vous donnez corps et âme à son service. Vous serez entrainés, instruits, payés, logés, nourris par ses soins. Vous voyagerez dans des contrées exotiques. Vous découvrirez de nouvelles cultures, de nouvelles peuplades. Vous aurez de nouveaux amis, des frères d'armes. Elle fera de vos vies, une aventure palpitante. Elle fera de vous, des hommes et des femmes respectables ! Je suis officier Garant de communication et du recrutement. Chacun à votre tour, vous passerez dans ce bâtiment où votre orientation sera définie après une série de tests. Au terme de ces tests, on vous affectera un tuteur qui vous expliquera la suite de votre parcours. Vous êtes une vingtaine. Parmi vous, seuls deux ou trois accèderont à une école de l'académie et une dizaine deviendront soldats de la République. Quant aux autres, nous leur offrirons un travail honorable au service de la République.*

Zéphyr est surpris par le changement de ton de la dernière réplique. Après un long discours uniforme et monocorde, la sonorité bascule subtilement dans le sarcasme.

-      *Longue vie à la République !* Conclut l'officier.

A écouter la passion avec laquelle, il a débité cette longue tirade, il doit la ressasser régulièrement pour chaque section de recrutement. Avec le même entrain, il retourne dans le bâtiment, de nouveau salué par l'ensemble des gardes présents tandis que discrètement, son acolyte reste sur place à observer le groupe.

-        *Bande d'ignares mal élevés,* hurle l'accompagnateur en chef. *A partir de maintenant vous êtes des soldats. Si j'en vois un seul qui ne claque pas le garde à vous, la prochaine fois qu'un gradé passe devant votre section, il va apprendre à se fixer les vingt-quatre prochaines heures. C'est clair ?*

Pas de réponse.

-        *J'ai dit c'est clair ? Alors, on répond : « oui, Presseur ! »*

Zéphyr, toujours silencieux, entend quelques « oui » puissants, suivis de plusieurs « oui » timides, et de quelques sanglots.

-        *Puisque c'est ainsi, tout le monde se fixe au garde à vous. Vous attendrez votre tour dans cette position. Exécution.*

L'officier, resté en retrait, fait un signe de tête discret, à celui qui s'est fait appeler Presseur. Ce dernier marque une pause dans son irritabilité comme pour écouter un message intérieur. Il exécute les consignes mentales qu'il a reçu immédiatement. Sur son ordre, deux soldats retirent du groupe, deux garçons terrorisés et en larmes pour les emmener à l'écart de la section. La sélection a commencé.

-        *Bon ! Reste-t-il des lopettes dans le groupe ? Il y a assez de latrines dans le camp à nettoyer pour les occuper toute la semaine. Non ?... Alors on commence … les dix premiers, dans le bâtiment.*

Le jeune garçon à la gauche de Zéphyr, marmonne tout bas pour que ces propos soient uniquement perceptibles par son proche voisinage.

- Ils ne vont pas nettoyer les latrines. Ils sont conduits directement aux mines …

- Qu'est-ce que tu racontes, interroge une autre jeune recrue ?

- Ceux qui ratent les sélections sont des bouches à nourrir, à loger qui coutent chères à la République. Ils vont être expulsés vers les mines pour enrichir la trésorerie. C'est mon père qui me l'a dit.

Au même moment, l'officier en gris s'adresse à distance au Presseur. La rigueur de l'exécution militaire s'applique à nouveau. Sur un signe de leur responsable, deux soldats se dirigent vers le jeune homme à côté de Zéphyr.

- Toi ! Suis-nous !

Quand il comprend qu'il est l'objet de l'attention du gradé, le jeune garçon commence à hurler et à se débattre. Il est rapidement immobilisé par les deux soldats qui semblent attendre les instructions suivantes. Avant que le Presseur ne puisse exercer ses propres méthodes, l'officier fait un signe de la main et s'approche du jeune garçon. Il pose sa main sur la tête du garçon et lui murmure très calmement quelques mots. Le jeune homme se détend, sourit et obtempère presque ravi.

Constatant qu'il est l'objet de nombreux regard inquiet, l'officier s'adresse aux autres recrues.

- Je comprends que certains d'entre vous puissent être inquiets voire terrifiés par cette nouvelle vie. Il y a peu, vous diniez en famille dans vos fermes, vos moulins, vos maisons. Ce nouvel environnement en a dérouté plus d'un d'entre vous. Je comprends qu'ils puissent croire à des fables populaires racontées dans les bas quartiers par des personnes désœuvrés n'arrivant pas à gérer la frustration d'avoir raté leur vie. Ces mêmes personnes sont furieuses de n'avoir pas su saisir leur chance au service de la République quand elle s'est présentée à eux. Or la

*République vous offre la vie justement, une vie pleine de satisfactions. Vous apprendrez à lire et à écrire pour certains, à vous battre pour d'autres, et le tout aux frais de l'Etat. Votre famille, c'est la République désormais. Cette famille comblera vos désirs bien mieux que la précédente. Allons mes enfants, vous êtes les chanceux à qui se présente une opportunité formidable. Soyez heureux d'être ici. Je compte sur vous.*

D'un coup d'œil, il balaye la section. Fier de son résultat, il se retire à son poste d'observation.

- *Les dix suivants, à vous*, embraye le Presseur.

C'est au tour du groupe de Zéphyr d'entrer dans le bâtiment. L'armée a cette particularité magique d'inculquer la notion de discipline plus rapidement qu'il est nécessaire pour simplement épeler ce mot. Les dix jeunes se serrent en rang et avancent docilement vers l'entrée du bâtiment où se déroulent les sélections. Même les plus fanfarons ont perdu de leur verve à l'heure de la fatidique sélection. Ils entrent, ou plutôt tentent de pénétrer dans une pièce dimensionnée pour recevoir maximum cinq ou six personnes. Ils se serrent les uns contre les autres devant une estrade sur laquelle siège un recruteur buvant tranquillement un verre d'eau.

- *Messieurs*, commence, sans attendre, le recruteur. *Je vais vous expliquer l'organisation de la République, les principes de base de l'ordre militaire puis les grades. Vous serez ensuite interrogés par mes confrères pour vérifier si vous avez suivi et compris les instructions. Je commence. La République est votre mère patrie composée de …*

L'espace est exigu. Il y règne une chaleur insupportable, une odeur de sueur et un bruit continu désagréable. C'est à se demander si l'atelier de fabrication des armes ne se trouve pas à l'étage supérieur tant se succèdent bruits de marteaux, scies, limes et autres instruments peu harmonieux. Toutes les conditions sont réunies pour ne rien entendre du cours magistral.

Zéphyr devine vite qu'il s'agit du premier test. Les recruteurs veulent évaluer leur faculté de concentration dans un environnement perturbant. Il focalise son attention sur le recruteur. Il voit bien les lèvres de l'officier bouger mais les bruits stridents environnants couvrent ses paroles. Zéphyr jure que le soldat s'applique à parler sans hausser la voix pour être sûr qu'on ne l'entende pas. Pour couronner ses efforts de concentration, un voisin lui marche sur le pied pendant qu'un autre s'agrippe à son épaule pour tenter de se grandir au-dessus de la mêlée. Zéphyr constate que le contexte rend impossible toute écoute pour le commun des mortels.

L'angoisse le gagne. Ses pensées dérivent alors vers le seul foyer qui a toujours assuré sa sécurité. Il repense aux propos de sa mère, Miranda. Il se doit de réussir. Elle lui a imploré de réussir, de mettre à profit sa chance inespérée d'être recruté. Ses mots résonnent encore dans sa mémoire. Il est inconcevable pour Zéphyr de décevoir sa mère. Il veut la rendre fière. Il imagine le sourire de cette dernière quand il retournera à la ferme, habillé avec la même élégance que les habitants intramuros de Brévor. Il se concentre donc uniquement sur la tonalité du recruteur. N'entendre que lui … mais ce n'est pas possible. Il est bousculé sans cesse par ses voisins, tous trempés de sueur.

Il tente alors d'apaiser son angoisse. Il calme les battements accélérés de son cœur. Il est poussé par son instinct. Une force mystérieuse l'invite à renouveler son aventure intérieure. Il se remémore les émotions formidables ressenties à la tête de son navire voguant dans les méandres de son corps. Sa nature profonde lui somme de se laisser dériver dans son monde secret...

*Je n'ai pas rêvé. J'en suis sûr ...*

Il essaie ...

Concentration...

*Je pense à mes oreilles. Je veux visualiser leurs conduits auditifs...*

Audition …

*Ça y est ! Je les vois ! C'est extraordinaire.*

Zéphyr est aux anges. Il retrouve une partie de ce jardin secret qui l'a tant enthousiasmé. Il se plait à imaginer toutes les possibilités que lui offre ce don mais très vite il se reconcentre sur son objectif.

*Je perçois les différents bruits dans mon oreille... je dois me focaliser sur les bruits stridents... visualiser les vibrations du tympan... je ne veux plus entendre ces bruits … je décide de ne pas tenir compte de ces vibrations … filtrer les gémissements ou grognements de ses voisins, … occulter ces bruits parasitaires... j'écoute...*

- *… il existe donc trois écoles de l'art dans l'académie, réservées pour l'élite chez qui nous aurons décelé des pré-aptitudes : l'école des organiques, l'école des cognitifs et l'école des kinesthésiques. Les meilleurs de chaque école peuvent prétendre à l'académie des Commandeurs au service de notre Magister. Tout le monde a suivi ? … alors je continue.*

*Je n'ai pas rêvé ! J'entends ce que je veux. Je comprends mon corps !*

Zéphyr a du mal à contenir son euphorie. Seule l'urgence à écouter le discours du recruteur l'empêche de partir à la découverte de ce nouveau monde et l'oblige à rester focaliser sur l'homme au centre de l'estrade. Le visage de Zéphyr s'éclaire comme celui d'un enfant qui réussit ses premiers pas. Il entend les paroles du recruteur même s'il ne sait pas encore comment faire abstraction des coups involontaires liés au manque d'espace, de l'odeur et de la chaleur.

- *La plupart d'entre vous feront une carrière honorable de fantassin ou d'archer après trois mois de formation. Ils obtiendront une solde plus élevée au rang de fantassin confirmé ou archer confirmé après leur premier conflit armé. Les cavaliers auront trois mois de formation supplémentaire. Nous les recrutons parmi ceux sachant déjà monter et ayant une connaissance des arts équestres. Ils sont d'autorité d'un rang supérieur à tous fantassins ou archers.*

*Le premier grade de sous-officier est le Presseur, promu pour son expérience au combat, sa capacité de meneur d'hommes et sa bravoure. Il gère des escouades de quatre à vingt soldats. Il répond hiérarchiquement au Motivateur, grade suprême accessible par les non-initiés aux arts. Les Motivateurs sont d'anciens Presseurs, rompus à l'art de la guerre ou du renseignement qui encadrent une centaine de fantassins ou archers. On parle de Perceurs et de Motivateurs montés dans la cavalerie. Enfin si vous êtes parmi les rares élus à prétendre à l'académie des arts, vous serez Aspirant pendant la formation puis Servant lors de votre promotion vers un poste de commandement en opération réelle. Les plus prometteurs des Servants continueront leur formation pour devenir Garants des arts, dit plus sobrement Garants….*

Le discours est volontairement rébarbatif et débité sans passion pour étudier le comportement des garçons. Le recruteur perçoit vite un jeune homme plus grand que les autres, jouant des coudes devant pour se faire de la place et tenter de repérer quelques mots chez le recruteur. Il inscrit une ligne sur une feuille tout en continuant sa berceuse. Son regard s'attarde ensuite sur un jeune garçon, à la limite de l'étouffement, plus concentré sur sa respiration dans la mêlée que sur le cours magistral des grades militaires. Il griffonne une autre ligne.

- *… Enfin,* dit-il en souriant, *… pour les meilleurs Garants, l'école des Commandeurs parmi lesquels se trouve peut-être notre futur Magister.*

Plus bas, il conclut pour lui-même :

-       *Et je veux bien qu'on me les coupes si parmi vous se trouvait un Commandeur !*

Il note alors le visage de Zéphyr se relever comme s'il avait compris cette dernière remarque. Le recruteur inscrit immédiatement une ligne sur son papier. Après avoir paraphé ses notes, il frappe sur le mur derrière lui. Un nouveau recruteur entre par une porte donnant sur l'estrade et se saisit du document tendu par l'enthousiaste narrateur. Il retourne à ses occupations tout en décodant les notes de son confrère.

-       *C'est compris ?* demande le premier instructeur.

Même si le faciès des jeunes recrues en face de lui exprime tout le contraire, il ne leur laisse pas le temps de se lamenter.

-       *Bon, passons à la suite. Le premier à droite, prenez la porte en face de vous.*

Le garçon monte sur l'estrade et pénètre dans la pièce suivante. Il est dégoulinant de sueur. Quelques traces de coups apparaissent sur ses bras et son visage. Il est visiblement complètement perdu et se demande toujours dans quel monde de fous, il a atterri. C'est encore un gamin qui ne fait pas ses quinze ans.   Le nouveau recruteur l'attend sur une chaise, une feuille de notes à la main. Sans transition, il interroge le premier candidat.

-       *Combien de Commandeurs siègent à la table du conseil ?*

-       *Euh … vingt ?*

-       *On dit vingt, Garant ! Même si ce n'est pas la bonne réponse.*

-       *Que faisait le garçon à l'extrême gauche de la pièce pendant le cours ?*

-       *Euh... il écoutait ?*

-       *Il écoutait, Garant ! bon sang, pas comme toi en tout cas.*

- Un Commandeur cognitif a-t-il autorité sur un Servant organique ?

- Euh... le Commandeur comitif ... sur un Serveur magique ... euh oui, Monsieur le Garant.

- Garant ça suffit. Tu prends la porte de droite. AU SUIVANT !

Un second garçon se fixe devant l'instructeur. Le jeune homme est la grande brute qui jouait des coudes pour se positionner au premier rang en écrasant son entourage.

- Quelle condition doit remplir un Servant pour obtenir le grade de Garant ?

- Etre affecté à un poste opérationnel, Garant, répond le paquet de muscles.

- Très bien. A quoi reconnait-on ce grade ?

- Aux deux éclairs cousus sur ses épaulettes, Garant.

- Comment avez-vous réussi à écouter le cours ?

Le jeune homme a été briefé au préalable des tests de sélection par des amis déjà recrutés. Il connaissait la nature du premier test. Il sait également que le Garant cognitif en face de lui va déceler immédiatement le moindre mensonge.

- Je n'ai entendu que des brides, Garant. Surtout quand j'ai réussi à assommer les trois mauviettes à ma gauche qui ne cessaient de gesticuler comme des moucherons. Pour ce qui est des éclairs, je sais que ce sont des Garants cognitifs qui régissent le recrutement. Il me suffit de regarder vos épaulettes, Garant.

- Peur de rien, n'est-ce pas ?

- De quoi devrais-je avoir peur, Garant ?

Le Garant note quelques inscriptions sur sa feuille et poursuit :

- Vous ferez indéniablement un très bon guerrier. Reste à savoir si vous avez un don. La suite des tests le dira. J'ai juste une dernière question pour vous. S'il n'y avait qu'une seule place pour l'académie pour les dix recrues qui étaient avec vous dans la salle de cours, de qui devriez-vous vous méfier le plus ?

- Personne. Je suis votre homme, Garant.

- Admettons, répond en souriant le Garant. Imaginez que ce ne soit pas le cas.

- Le jeune garçon avec un œil bizarre, Garant. Il a réussi à rester concentrer sur le Garant instructeur même quand j'ai fait exprès de bousculer ses voisins pour le déstabiliser. Mais il ne fera pas le poids contre moi en combat singulier, répond la brute avec un sourire carnassier.

Le Garant regarde une dernière fois le soldat et griffonne une ligne sur sa feuille.

Prédisposition certaine aux formations de sous-officiers. Aptitude organique à vérifier.

- Merci soldat. Porte de gauche !

Après trois autres recrues, c'est au tour de Zéphyr. Il entre dans la pièce et se tient debout devant le recruteur, sans avoir omis de le saluer selon les usages militaires.

- Quelles sont les aptitudes pour entrer dans l'une des trois écoles des arts ?

- Il y a d'abord l'art organique, Monsieur, qui est destiné à former ceux qui comprennent comment fonctionne l'intérieur de leur corps. Ils visualisent leurs organes. Ils peuvent même influencer leur fonctionnement. Ils connaissent les secrets du voyage intérieur. C'est génial.

Le recruteur relève la tête, comme si on l'avait dérangé dans sa sieste quotidienne. Surpris par la réponse de Zéphyr, il demande calmement en redoublant son attention sur le garçon :

- *On dit c'est génial, Garant ! Bravo, petit... qui t'a expliqué cela ?*

- *Bah c'est le cours et ...*

Zéphyr marque une pause, hésitant à révéler la suite, ne sachant trop s'il va passer pour un fou et être rejeté du recrutement ou si au contraire il va susciter l'attention. La description de l'art organique, faite par le premier instructeur reflète en tout point son expérience. Il s'est bien reconnu dans la description. Mais le faux-fuyant de sa mère lors des discussions sur son aventure intérieure calme ses ardeurs à dévoiler la vérité.

- *Et ?*

- *Et je crois que j'en ai rêvé, Garant !*

- *Et moi je crois que tu mens ! Je peux le détecter, tu sais. Mentir à un Garant de la République peut te conduire au cachot pour y réfléchir un bon moment. Je sais que tu as déjà eu le sentiment de diriger ton corps de l'intérieur. Pourquoi ne me dis-tu pas la vérité ?*

Zéphyr est surpris de la véhémence de cette dernière remontrance. Il est partagé entre l'enthousiasme qu'il a éprouvé quand il a exploré son corps, et la méfiance que sa mère n'a eu cesse de lui montrer quand il a voulu raconter ce qu'il a vécu. Mais il ne peut renier sa vraie nature et se lance.

- *C'est que j'en ai un peu honte. Mais oui, j'arrive à me concentrer sur un bruit, une personne et occulter les autres sons.*

- *Tu ne dois pas avoir honte : c'est un don précieux. Tu n'es pas anormal. Qui t'a mis cette idée en tête ?*

Apprenant vite, Zéphyr préfère se taire plutôt que de mentir. Il est hors de question que ce recruteur puisse critiquer sa mère. Il se contente de baisser la tête que le recruteur assimile vite comme un regret de sa part.

- *Et les autres aptitudes des écoles des arts ?*

Zéphyr a pourtant bien entendu les autres arts mais c'est un véritable trou de mémoire. Il a l'impression qu'une migraine se prépare quand il s'efforce de se remémorer le cours. Instinctivement, il explore sa bibliothèque de souvenir où il avait découvert tous ses fils de couleur.

*Je vois une lumière qui scintille au bout d'un fil... elle est blanche ! Rien aucun souvenir. Effacé !*

- *Et je ne sais plus...Garant.*

Le recruteur écrit quelques notes sur son papier

*Aptitudes organiques à vérifier – mémoire défaillante.*

Il montre la porte de gauche à Zéphyr et hurle :

- *SUIVANT !*

N'attendez pas de trouver le paradis. Ceux qui l'ont cherché, errent encore. Ceux qui l'ont trouvé, n'ont pas bougé. Il est là autour de vous. C'est à vous de le créer.

## 17.  L'œil du faucon

Hector et Ramuel franchissent la lourde porte qui ferme le bout du tunnel derrière Yldéric. Ils arrivent au fond d'un puits de dix mètres de diamètre, creusé dans la roche. Leurs yeux s'habituent doucement à la clarté du soleil visible en haut du puits. Les parois circulaires autour du gigantesque trou sont toujours décorées de meurtrières. On ne voit à travers ces fentes que les pointes de carreaux dirigés vers eux. Une cabine en bois, est accolée à la paroi en face d'eux, suspendue par des cordes. Sur invitation d'Ylderic, les hommes montent dans la cabine. Le Commandeur banni actionne une cloche et la cabine monte.

- *Ingénieux,* dit Ramuel.

- *Et surtout imprenable,* répond Hector. *Même si le tunnel est envahi, tout assaillant est pris au piège dans ce trou. Il nous suffit de couper les cordes de cette nacelle pour empêcher toute intrusion dans le camp au-dessus de nos têtes. Encore une invention de notre kinesthésique. Il l'a appelée « panier grimpant ». Walfried est sans doute un génie en matière d'inventions mais il n'a aucune créativité quand il faut donner un nom à ses œuvres. J'aurais imaginé « traine recrues » ou « monte fainéants ».*

- *Pourquoi pas « Lève Commandeur grincheux. » ou « tire quintal »* ajoute Yldéric.

Les trois hommes rient. Après dix mètres de remontée, la cabine s'ouvre et la compagnie sort sur la terre ferme. Ramuel est époustouflé. La falaise vue de l'extérieur est un ancien volcan cachant en son centre un plateau verdoyant avec en paysage de fond les cimes des Monts Glacés. On voit la rivière qui sans nul doute alimente la cascade, quelques vergers, des champs, une partie boisée. Les maisons à colombages sont en bois coloré et de tailles modestes. Un chien les regarde paresseusement, couché sur le seuil d'une maison. Un homme est en train d'enfourner du pain dans un four en terre cuite. Un autre est en train de sculpter une pièce d'arbre. Romuald tente de deviner la finalité de l'œuvre.

- *Un faucon* lui répond Hector, visiblement aux anges à la fois de retrouver un pays qui lui a tant manqué mais aussi de l'effet que ce lieu exerce sur Ramuel.

Tout en avançant, ce dernier dévore du regard le cratère et ses occupants. La température semble bénéficier d'un régime de faveur malgré l'altitude. Après une première impression plutôt bucolique, il comprend vite la vocation militaire de ce lieu. On voit plus loin des camps d'entrainement, des braquements identiques alignés. Des hommes se font face en s'exerçant sur des séries de parades - ripostes à l'épée. D'autres s'entrainent avec des hallebardes ou des arbalètes. Un groupe d'hommes se range en formation serrée avec des boucliers. On lâche sur eux des gros sacs de jute sans doute remplis de sable. Les sacs, attachés par une corde à une structure en bois viennent frapper les défenseurs. La formation reste compacte sous le choc. L'instant d'après, un tronc d'arbre lui aussi suspendu en balançoire vient frôler le sol pour faucher la section. L'ensemble des soldats sautent pour éviter le désagrément d'une chute et se remettent en position pour la charge suivante.

- *On appelle cet endroit l'œil de l'espoir et non terre des bannis !*

- *L'œil ? Pourquoi ?*

-       L'œil, d'abord comme la forme de son cratère. Il a une seconde signification qu'il est précoce de t'expliquer mais qui représente l'espoir. Cet endroit est la plus grande forteresse naturelle qui puisse exister de connaissance d'hommes. Les parois du volcan avec le temps, l'érosion et les effondrements, forment des murailles lisses quasi verticales. Aucune échelle, aucune machine de guerre ne peut enjamber une telle paroi. Un réseau de galeries creusées avec des meurtrières constitue une défense imparable.      Un ingénieux système d'ascension nous permet de monter jusqu'en haut du cratère autour duquel un chemin de garde en bois a été construit. Comme tu peux le voir ici, personne n'est banni. Tous respirent la liberté. Ils forment la Famille. Attention, je devine ta première impression sur le caractère. Tu penses que c'est un charmant et innocent coin retiré, loin de la capitale. Détrompe-toi. J'ai fait suffisamment de sièges dans ma vie pour te dire que c'est le système de défense le plus évolué que je connaisse.

-       Qui l'a construit ?

-       Ça c'est un mystère. La taille des galeries est minutieuse. Encore aujourd'hui nos kinesthésiques ne comprennent pas quels outils ont pu permettre la construction de ce chef d'œuvre. Il faudrait, même avec les techniques actuelles et une garnison de mineurs, plus d'un siècle pour achever un tel édifice aujourd'hui. Alors comment nos ancêtres ont-ils pu réussir cet exploit ? C'est le casse-tête de Walfried, notre kinesthésique.

-       Pourquoi une architecture aussi inédite, n'est-elle pas annexée par la République ?

-       La République n'a pas ou peu porté son regard sur ce territoire. Avant l'avènement de la Famille, il n'y avait pas eu d'ennemis organisés dans cette région, ces cinq cents dernières années. A part cette vallée, la région est hostile et les Monts glacées infranchissables. Les sols n'ont pas encore dévoilé de réserves de fer, argent, or ou autres minerais qui justifieraient une colonisation du lieu.

153

-      *Et pourtant vous connaissez son existence...*

-      *Je ne t'ai pas dit que ma première affectation de jeune Servant, était patrouilleur le long de la Tumulte ?*

Ramuel ne cesse d'ouvrir grands les yeux. Que peut-il devenir, lui qui était honteux de n'être affecté qu'à une mission de surveillance le long de la Tumulte, si le grand Commandeur Hector a lui aussi débuté de la même façon. Il finit par demander.

-      *Je ne vois pas de palais royal. Où habite votre reine des ban…. Il se reprend… notre reine de … l'espoir ?*

-      *C'est le conseil qui l'a appelée reine des bannis. Pour nous, c'est tout simplement notre Guide. Ne lui dis pas qu'elle est notre reine. Elle se vexerait. Disons qu'elle est notre Commandeur à nous. Nous allons d'ailleurs de ce pas la rencontrer. Tu comprendras mieux. Ce n'est pas par orgueil ou par fierté qu'elle se fait appeler la Guide mais pour préserver son véritable nom.*

Yldéric, Hector, Ramuel et quelques soldats se dirigent vers un bâtiment devant lequel des hommes s'entraînent au combat à mains nues. Parmi eux une femme avec une grande natte blonde affronte un guerrier athlétique. Les hostilités s'engagent. Elle prend l'initiative en levant la jambe vers le visage de l'organique qui bloque la tentative de son avant-bras. La femme continue son avancée du coude opposé vers le menton de son adversaire qui dévie encore le coup. Ramuel admire la grâce et l'audace de la combattante. Ses vêtements sont à l'antipode des archétypes royaux : pantalon de toile beige serré par des lacets de cuir entrecroisés autour des cuisses, des bottes montantes en cuir marron, veste en cuir de la couleur des bottes. Le seul ornement visible qu'elle s'autorise est une broche en forme de faucon au bout de sa tresse nattée. Après plusieurs attaques infructueuses, elle effectue une pirouette pour finir les deux jambes autour du cou du guerrier qu'elle serre violemment. Ce dernier ne la ménage pas en tombant volontairement sur elle pour lui couper le souffle. Il se dégage tout en laissant la paume de main sur la trachée de la Guide.

- *Désolé ma Guide. Vous êtes morte*, dit-il.

Elle se redresse, enlève grossièrement la poussière sur ses vêtements et répond agacée au public en face d'elle.

- *Faites les malins les organiques. Attendez qu'on fasse un exercice de résistance au sondage.*

Hector sourit et s'avance avec Ramuel vers la Guide.

- *Je te présente notre Guide, Ramuel.*

Ramuel voit l'émotion apparaître chez la Guide, jusqu'alors trop concentrée sur son adversaire.

- *Hector ! Tu t'es enfin décidé à venir nous rendre visite. Tu m'as manqué,* murmure-t-elle en étreignant son vieil ami, fidèle de tous les temps.

- *Toi aussi* ! répond-il en prolongeant l'étreinte. *Cela fait un bien fou de revenir ici.*

Les retrouvailles célébrées, il continue :

- *Le temps presse ma Guide, permets-moi de te présenter Ramuel!*

- *Un jeune organique qui n'a pas terminé sa formation, patrouillant sur les rives de la Tumulte, que tu as combattu et chez qui tu as décelé les valeurs humaines pour lesquelles tu te bats. Tu penses que c'est un gâchis d'employer un potentiel comme Ramuel pour des ballades les pieds dans l'eau et de le duper avec des propagandes mensongères qui le privent de son libre arbitre. Je sais Hector !*

Hector sourit. Il n'est même pas étonné du degré de connaissance de la Guide. Elle a déjà lu en Ramuel dès qu'elle a posé son regard sur le jeune homme.

- *Bienvenue Ramuel,* enchérit la Guide. *Tu voudras bien m'excuser mais je dois m'entretenir avec Hector* quelques instants. *Ta présence parmi nous est une richesse dont je me réjouis. Yldéric va te montrer un endroit où tu peux t'installer...*

Elle marque une pause et poursuit.

- *Et non, Je n'ai pas de banquet royal à te proposer*, ajoute-t-elle avec sarcasme, *non je ne porte pas de robes à dentelles et oui, je me bats dans la poussière et je perds toujours contre ces fichus organiques. Ils n'ont peut-être pas de cervelle mais ils savent se battre. On se rejoint pour le diner tout à l'heure si tu acceptes l'invitation.*

Ne sachant que répondre, Ramuel fait un simple signe de tête.

La Guide et Hector s'écartent à l'ombre d'un arbre et s'assoient sur des rondins de bois.

- *Tu connais la raison de ma venue et tu sais de qui j'ai besoin. Nous devons repartir tout de suite,* commence Hector.

- *Tu n'as plus besoin de moi,* répond la Guide. *Zéphyr s'est réveillé. Nous avons toujours espéré qu'il incarne notre espoir. Son aptitude à découvrir seul son potentiel organique, sans apprentissage préalable, nous confirme aujourd'hui qu'il est notre salut.*

- *Zéphyr s'est réveillé ? comment le sais-tu ? Je croyais que les cognitifs devaient 'voir' leur interlocuteur pour les sonder.*

- *Oh, il n'y a rien de sorcier ! En quinze ans, figure-toi que notre réseau de communication s'est nettement amélioré grâce au travail de Jalbert.*

- *Je fais tout ce chemin pour rien alors !*

- *Si tu considères qu'une entrevue avec moi est inutile, je ne te retiens pas,* dit-elle avec un large sourire.

- *Ah vous les cognitives, vous êtes parfois insupportables. Toujours ce besoin insatiable de flatteries.*

- *Et vous les organiques, toujours aussi râleurs ? Je t'ai laissé venir car nous devons discuter de sujets que je ne peux confier à aucun réseau de communication, aussi sûr soit-il, pour protéger Zéphyr.*

- *Je t'écoute.*

- *Tu risques d'être rongé par le doute après notre discussion. Les évènements se sont accélérés ces derniers jours. Je suis consciente que même si nous avons œuvré en commun pour l'avenir de Zéphyr depuis la disparition de mon mari, il sera plus difficile pour Miranda et toi d'avoir à affronter la suite de l'histoire. Vos années passées avec Zéphyr vont rendre nos choix plus difficiles.*

Hector fait un signe de tête pour montrer qu'il a compris.

- *Zéphyr est parti, Hector. Il a été recruté par la République.*

- *Quoi ? Mais c'est impossible, il n'a que seize ans.*

- *Je rectifie. Il a déjà seize ans ! Et si les informations que j'ai eues sont exactes : Il sait déjà comment sortir d'un sommeil léthargique, enseigné jusqu'alors à l'académie des Commandeurs. Hector, il est le descendant de l'œil de faucon. Tu dois avoir confiance en lui et ne pas te projeter à sa place. La République a anticipé le recrutement dès la quinzième année pour subvenir à ses besoins militaires sur le front Ouest. Elle tournera ensuite son attention sur nous. C'est une bénédiction que la seconde partie de notre plan démarre maintenant.*

Hector reste sous le choc. La Guide l'a rarement vu montrer si ouvertement son désarroi. Elle lui laisse volontairement le temps d'assimiler l'information.

- *Zéphyr parti ! Le recrutement est une épreuve. Et je ne l'ai pas préparé. Je ne lui ai même pas dit au revoir.*

- *Miranda s'en est chargée pour toi. Et c'est mieux que tu ne l'aies pas influencé avant son départ. Il aurait eu des doutes quant à ton attachement à la République. Oh* combien je sais quel déchirement nous inflige la perte d'un être cher. Seul un idéal à atteindre te permet de survivre à une telle épreuve. Aussi vais-je te demander de retourner immédiatement chercher Miranda et ton fils et de nous rejoindre ici.

-       Tu veux que je brise une couverture de quinze ans ?

-       Elle ne nous sert plus à rien aujourd'hui. Votre mission est terminée là-bas et vous l'avez remplie au-delà de mes espérances. Zéphyr va entamer sa carrière militaire dans la République qui va le conduire directement à nous après un passage obligé sur le front Ouest. Avec son potentiel, il ne pourra que se faire remarquer. Votre présence ici va donc m'être indispensable pour la suite. Reste avec nous ce soir et retourne chercher Miranda et Virgile dès demain.

-       Pourquoi si vite puisque notre mission est terminée ?

-       Parce que je crains pour leur sécurité.

Tout ce qui est nuisible n'est pas mauvais. C'est une question de point de vue. Le rat en est le parfait exemple. S'il apporte la maladie ou détruit les réserves, il sert de cobaye pour la médecine. La prochaine fois que vous irait acheter de la mort au rat, posez-vous la question de savoir si vous ne condamnez pas votre propre salut.

# 18. Turbulences

Zéphyr est rassuré et satisfait de son premier examen. L'instructeur est le premier à lui expliquer qu'il n'a pas à avoir honte de son don. Il a donc bien un don, il n'a pas rêvé. Il faudra qu'il le dise à sa mère. C'est trop important qu'elle sache et qu'elle ne le croit pas fou. Isolée dans sa ferme, elle ne pouvait pas savoir, ni connaitre ce qu'est un organique.

On lui demande d'entrer dans un couloir sombre à peine éclairé par de faibles ouvertures en haut des murs. On devine mal le sol. Naturellement il attend que ses yeux s'habituent à la pénombre. Il inspecte alors tant bien que mal son environnement. Il devine une trace de sang sur le mur à sa droite. Son instinct le met en garde naturellement.

*Il y a danger.*

Dans cette pénombre, il lui est pourtant impossible de mieux voir devant lui. Il se souvient alors de la salle voutée, aux fils multicolores et se demande s'il peut influencer sa vue dans le noir.

Concentration ...

*Je suis de retour dans la grande salle avec le mur relié à un tube central par des millions de fils. Je visualise les fils multicolores....*

Il peut renouveler son expérience sans risque. Une nouvelle fois, il est gagné par l'euphorie du potentiel qu'il découvre.

*Mais comment influencer ma vue pour mieux discerner dans le noir ?*

Il ne sait pas.

*Je me concentre que sur les fils rouges...*

Sa vision devient rouge mais en aucun cas plus efficace.

*Je me concentre que sur les fils bleus...*

Même résultat en bleu cette fois. Mais la luminosité reste invariablement la même. Il ne voit pas devant lui. Il a compris comment influencer les couleurs mais pas comment augmenter la clarté de sa vision.

*C'est peut-être cela qu'on apprend à l'école de l'art ? Comprendre comment influencer nos organes !*

Il décide alors d'utiliser un organe qu'il a déjà influencé : l'ouïe.

Audition...

*J'écoute les vibrations de la pièce... j'enregistre ces vibrations comme une constante de référence ... je surveille tous changements dans ce rythme.... J'avance... un déclic... je m'accroupis en protection...*

Il devine un gros sac de sable ou de terre se balançant au bout d'une corde, frôlant sa tête.

En se remémorant la tâche de sang, il se dit que plus d'un ont dû se faire bousculer sur le mur. Il est désormais aux aguets.

*Je continue ... de nouveau je perçois un changement de vibration dans l'air... un souffle ... comme si un courant d'air me chatouillait.... Je m'arrête...*

Il tente de discerner dans la pénombre et devine une marche brutale bien cachée, descendant trente centimètres plus bas. Il descend prudemment la dénivellation. C'est en fait un escalier. Avec précaution il tâtonne marche par marche jusqu'à atteindre... un trou ? Son pied ne rencontre aucune surface.

Il s'accroupit sur la dernière marche. De ses mains, il tâte le rebord qui s'avère lisse et humide. Il sent un morceau de pierre prêt à se détacher sur le bord de la marche. Il arrache le caillou qui se fragmente en deux. Il jette un premier morceau au bord de la marche manquante... qui deux secondes plus tard fait un bruit d'éclaboussure.

Un puits ! Peu profond mais sans doute très délicat voire impossible à escalader. Les parois sont trop humides.

Zéphyr lance alors le second fragment de pierre à environ un mètre devant lui. Le caillou rebondit sur un sol ferme.

*Je dois faire un bond d'au moins un mètre...*

Zéphyr se concentre

*Je visualise les muscles de mes jambes... je laisse l'adrénaline envahir ces muscles. A mon signal, ils se déchargeront tels des ressorts pour me propulser suffisamment loin...*

En aveugle, Zéphyr fait confiance à son corps et s'élance finalement de largement plus qu'un mètre pour retomber pieds et mains sur un sol ferme. Il ne peut s'empêcher de souffler un soulagement.

*Je continue... il fait définitivement un noir absolu autour ici.*

Il s'aide des mains le long du mur. Son ouïe lui sert d'alarme. Mais il se rend compte qu'il utilise aussi le ressenti de sa peau comme détecteur de changement d'air, de souffle. Il ne sait comment expliquer ce phénomène mais il a senti le puits.

*Virage à droite ... puis à gauche... puis cul de sac...*
*pas d'issue.*

Concentration...

*Les vibrations changent en bas du mur.*

Il s'accroupit et palpe une ouverture, suffisamment grande pour ramper. Il continue ... sur quelques mètres... de l'eau... La frayeur le gagne. Le noir. Le froid. Il est seul. Les parois du tunnel sont oppressantes. Une bouffée d'angoisse lui serre la gorge.

*C'est un test ! Je dois me calmer... je régule les battements accélérés de mon cœur... je repère et détends les tensions musculaires ... je dois sortir...*

Apaisé, il continue en rampant. Le tunnel est en pente descendante. Le niveau de l'eau augmente doucement. Il se retourne pour garder le visage hors de l'eau. Quand il n'y a plus d'autres moyens que de s'immerger totalement, il hésite.

*Je tente sur une dizaine de mètres en retenant ma respiration...*

Il inspire un grand coup et continue sa progression. Après quelques mètres, il débouche sur un puits et remonte à la surface, visible à moins d'un mètre au-dessus de sa tête. Soulagé, il reprend sa respiration au bord du puits quelques instants. C'est toujours le noir absolu. Il tâtonne autour de lui. Il est au fond d'un puits, encadré par des parois en briques. Il tente de sonder la profondeur du puits.

*Je dois plonger en profondeur cette fois...*

L'angoisse le gagne de nouveau. Il visualise le visage de sa mère pour se donner du courage.

« *Pense à moi et tu sauras où est ta voie...* » se souvient-il.

Comprenant la logique du test, il s'immerge doucement. Il nage sur un ou deux mètres avant de buter sur une paroi du puits et tâtonne sous l'eau pour repérer les contours du puits.

Concentration ...

*Je n'entends rien sous l'eau ... pas moyen de se guider par l'ouïe.*

Il remonte à la surface, reprend sa respiration et réfléchit.

*Il y a forcément une sortie... il n'y pas de courant... l'eau est stagnante... j'entends des bruits venant du bord du puits... un rat ! Non, deux ou trois rats ! ... bruits d'éclaboussures... les rongeurs ont plongé... je déteste les rats... Rester calme... inspirer... se concentrer... puis plonger.*

Zéphyr s'immerge dans le puits et reste en concentration sous l'eau... il ressent plus qu'il n'entend sourdement un mouvement d'eau s'enfoncer vers le fond à droite. Il s'enfonce alors ... un mètre ... deux mètres ... Il marque un arrêt au fond de l'eau.

*Je perçois l'ondulation de l'eau sur ma peau... les turbulences faites par les rats ... je les suis ...*

Une nouvelle fois sourd et aveugle au fond de l'eau, il cherche une sortie avec ses mains contre la paroi du puits.

*... je tâtonne les murs autour de ces turbulences... une ouverture !*

Il s'y enfonce rapidement et continue, tout en gardant son calme, dans une conduite noyée sur plusieurs mètres. La conduite remonte et débouche dans un autre puits qu'il s'empresse de remonter avant que ses poumons n'explosent. Il émerge en inspirant de toutes ses forces.

*De l'air !!!*

Il s'accroche au bord du second puits. Après avoir repris sa respiration à plusieurs reprises, il examine la nouvelle salle, éclairée cette fois. Une fois ses yeux habitués à la lumière, il repère un recruteur accompagné de deux soldats qui l'observent. Sur le sol plus loin, il voit un garçon en train d'être réanimé par un soigneur, un autre adossé au mur la tête en sang.

- *Bravo mon garçon ! Impressionnant pour ton âge. Tu es le premier à réussir l'épreuve dans sa totalité et sans assistance. Nous t'avons observé durant ta progression : tu as réussi.*

Zéphyr sort du puits. Il tremble non pas de peur mais transi par le froid.

- *Tu peux ouvrir la porte de gauche,* lui indique le recruteur en écrivant quelques lignes sur une feuille.

Souhaitant en finir au plus vite avec ces tests pour pouvoir se changer et se réchauffer, il n'hésite pas un instant et suit la directive. Il entre dans la nouvelle salle bien éclairée grâce à de grandes ouvertures laissant passer les rayons du soleil. La salle est cubique et Zéphyr voit un passage vouté cinq mètres plus loin. Il referme la porte.

Le sol se met alors à trembler. Zéphyr s'accroche à la poignée de la porte pour ne pas tomber. Immédiatement il voit des murs apparaitre doucement derrière le passage vouté et les ouvertures sur l'extérieur. Le noir remplit graduellement la pièce.

- *Encore ce fichu noir !* Se dit-il.

Il ouvre de nouveau la porte par laquelle, il est entré. Aucune lumière ne vient éclairer la salle. Un mur inexistant il a encore cinq secondes, bloque la sortie. La pièce a pivoté sur elle-même, bouchant toutes sorties et tous rayons de soleil. Le découragement gagne Zéphyr. Il a froid et hier encore, il mangeait tranquillement avec sa mère et son frère.

- *Ne pas se décourager ! Comment sortir d'ici ?*

*Concentration …*

*J'écoute …*

*Rien !... le silence absolu… le noir absolu...*

Encore une fois par tâtonnement, il trouve le passage vouté mais tombe sur... un mur. Il est bloqué. Il cherche une ouverture, un levier ... rien. Il pousse de toutes ses forces essayant de faire pivoter la salle dans le sens opposé... rien. Il retourne en longeant le mur à l'opposé, tentant de ré ouvrir la porte par laquelle il est venu : elle s'ouvre ... toujours sur un mur !

*Logique.*

Pendant ce qui lui semble une éternité, Zéphyr tente tout ce qui lui passe par la tête : grimper jusqu'aux ouvertures extérieures, sentir un potentiel courant d'air, frapper le mur.

Il finit par s'adosser au mur, et dire à haute voix :

- *Je vous en prie, sortez-moi de là ! J'ai froid, je n'en peux plus. Je veux sortir !*

Et il se serre en boule pour se réchauffer dans un coin et se met à attendre... attendre ... et encore attendre... il s'endort.

La non expression de nos dons est un fléau. Elle inhibe notre liberté. Elle va engendrer l'obéissance, la déprime, la frustration, la maladie, la colère. Chacun doit rechercher, identifier et exprimer ses dons. C'est la clé du bonheur.

# 19.  Cultiver ses dons

Le soir, toute la communauté se réunit pour le repas autour de plusieurs feux de camp. L'odeur des cochons rôtis excitent les papilles. Certains jouent de la musique ou jouent aux dés pendant que d'autres miment leurs dernières parades ou attaques apprises à l'entrainement pour se faire corriger par les ainés … Ramuel est à l'aise dans ce monde sans faux semblants où la simplicité prime. Plongé dans ses observations, il grignote une cuisse de poulet que les cuistots lui ont proposé. La Guide qui n'a pas encore pris le temps de discuter avec lui le rejoint. Elle s'assoit sur un rondin de bois avec une assiette en main. Elle engage la conversation.

-       *Je vois que tu ne cesses de regarder le camp et ses habitants dans tous les recoins. Je pourrais croire que tu nous espionnes.*

Surpris et inquiet par l'entrée en matière de la guide, Ramuel se met tout de suite sur la défensive.

-       *Détrompez-vous, Madame. Ce n'est pas ce que vous croyez, même s'il est évident que tous me soupçonnent, vous la première. J'en ferais autant. Avouez qu'il y a de quoi être étonné quand on découvre votre petit monde ici.*

La guide sourit devant la réaction du soldat.

\-      *Je te faisais marcher, Ramuel. Je sais que tu n'as pas de mauvaises intentions.*

Vexé d'être tombé à pieds joints dans le piège, Ramuel ne veut pas céder si rapidement.

\-      *Puis-je savoir ce qui vous rend aussi sûre de vous ? Vous semblez tout sauf naïve. Le secret bien gardé de cet endroit en est la preuve.*

\-      *Oh ! j'ai mes secrets, Ramuel. Disons que si tu avais menti, je le saurais. Quand bien même, tu serais un expert organique en dissimulation, je le devinerais également. Pour finir, tu ne sortirais pas d'ici vivant sans mon consentement … au moins dans un premier temps. Maintenant que le décor est planté et que les cachoteries sont hors de cause, je pense qu'on peut parler plus librement. Connaissant Hector, il n'a pas dû être très loquace avant de t'amener ici. Tu dois avoir des tonnes de questions !*

\-      *Merci pour votre franchise, Madame. Et en effet, j'ai des tonnes de questions. Puisque vous m'y invitez, je saute sur l'occasion. Comment vous organisez-vous ? Quel est le rôle de chacun ?*

\-      *Notre société est basée sur les dons individuels de chacun. Chacun doit contribuer selon ses aptitudes à la vie de la Famille. Il n'existe que trois règles.*

*Si une prédisposition à l'un des trois arts est décelée chez un individu : il doit suivre une formation. Seules trois personnes dispensent cette formation.*

*Walfried le kinesthésique, qui a imaginé et construit les structures défensives de l'œil de l'espoir et organise la vie quotidienne dans le cratère.*

*Yldéric, l'organique, qui a succédé à Hector et entraine nos soldats,*

*Moi-même, qui m'occupe des cognitifs.*

Après leur formation, nos jeunes peuvent décider quels métiers ils exerceront pour le bien de la Famille. C'est d'ailleurs la deuxième règle. Chacun garde toute liberté concernant le choix de son orientation au service de la communauté si toutefois cela présente bien un intérêt pour celle-ci. Celui qui veut travailler le bois, fera les charpentes, les édifices inventés par Walfried, les maisons pour chacun. Celui qui veut cuisiner, prépare le repas pour tout le monde, celui qui veut sculpter, fabriquera aussi les armes, les pièges dont Walfried a le secret, les outils nécessaires aux autres métiers. Cela ne choque personne qu'il puisse prendre un temps pour sculpter un tronc d'arbre juste pour embellir le lieu. Et crois-moi les gens lui en sont très reconnaissants.

- Comment faites-vous pour ne pas avoir quinze sculpteurs, un soldat et zéro boulanger ?

- Je vais te surprendre mais cela se fait naturellement. S'il y a déjà quinze sculpteurs, peu de personne seront enclins à suivre cette voie car ils n'auront pas le sentiment d'être reconnus à titre individuel pour leur travail. Se sentir utile à la communauté est primordial pour le bien–être de chacun. Or leur contribution pourrait être perçue comme commune et insuffisante. A chaque pain que les gens dégusteront le soir, tous leurs regards se tourneront vers le boulanger qui sera fier et heureux de ce qu'il apporte à la communauté. Le fameux dicton qui dit que la nature a horreur du vide éclate au grand jour ici même : s'il n'y a pas de boulanger, des vocations vont immédiatement naître. Les gens cherchent à être reconnus dans la communauté. Se sentir utile est un gage de satisfaction et de paix intérieure. Se sentir utile c'est vivre ! Mettre en pratique ses dons, c'est se sentir heureux.

- Est-ce la raison pour laquelle le Commandeur Hector parle toujours de gâchis me concernant ?

- Tu comprends très vite Ramuel. Tu as des dons ! Ils ont été galvaudés pour servir les intérêts d'un unique Magister et non pour servir la République. Mais au plus profond de toi, tu as senti que cela ne te rendait pas heureux.

- Et quelle est la troisième règle ?

- Tous doivent et savent se battre.

- Et vous avez assez de soldats pour vous défendre contre la République ?

- Aucune armée à ma connaissance dans le monde que l'on connait n'est capable de rivaliser avec la République aujourd'hui. Si elle existe, les deux forces ne se connaissent pas encore. Non, Ramuel, nous n'avons aucune chance de combattre la République. De plus, je suis une fille de la République : j'aime la République, j'aime les gens qui la composent, j'aime ce pour quoi elle a été bâtie.

- Je ne comprends pas bien. C'est paradoxal.

- Qu'est-ce qui est paradoxal ? Que la fameuse Reine des bannis qu'on t'a décrite dans son palais doré, qui brule les fermes et enlève les enfants, dise aimer la République ? Ouvre ton cœur Ramuel ! Qu'est-ce que tu vois devant toi si ce n'est une mini République : une société où l'on instruit, il y a un logement pour tous, chaque membre est utile à la société, personne ne meurt ni de faim ni de froid. Je suis en désaccord avec le virage qu'a pris ce que tu appelles encore la République de Brévor. Mais crois-moi, mon rêve est de retrouver la République de mon enfance.

- Pourquoi cette armée alors ?

- Oh je ne suis pas une douce Guide qui se contente de vivoter dans un cratère. Je vais fragiliser la République non pas de manière frontale, mais en sciant petit à petit les piliers sur lesquels elle repose.

- Votre action n'est guère mieux que celle de la République alors.

- Ne m'idéalise pas Ramuel. Nos actions ne valent peut-être guère mieux mais la fin reste louable.

La guide ressent, malgré elle, la fascination qu'éprouve Ramuel à son égard. Ne voulant surtout pas en abuser, elle prétend devoir se retirer.

Ramuel lui pose une ultime question avant qu'elle ne prenne congés.

- *Qu'attendez-vous de moi ?*

- *Que tu réalises tes dons !* La Guide marque une pause en souriant. *Mais d'abord tu dois finir ta formation avec Yldéric.*

Elle se lève désormais convaincu qu'Hector a, comme d'habitude, fait le bon choix et part rejoindre son ami fidèle.

- *Ton flair est toujours aussi efficace à ce que je vois,* dit-elle à Hector.

- *L'avenir nous le dira mais je suis plein d'espoir. Malgré une formation biaisée et un remplissage de crâne propagandiste de l'académie, Ramuel garde au plus profond de lui des idéaux sains. Combien d'autres officiers sont comme lui ? Plus l'académie va bâcler ses formations, plus la fidélité de ses soldats va vaciller.*

- *Tu sous-estimes la puissance de leur service de communication. Les informations que j'ai reçues récemment montrent qu'il ne recule devant aucune bassesse pour générer la haine, le besoin de vengeance envers l'ennemi. Souvent, il est trop tard pour tenter de les sauver. C'est la raison pour laquelle, j'ai cessé tous transfuges et que je tente aujourd'hui de créer nos propres officiers.*

- *Y a-t-il des risques pour Zéphyr ?*

- *Oui, je ne te le cache pas. Parfois je suis prise de doutes. C'est pourquoi, il y a quelques années, j'ai usé de toutes mes connaissances pour le protéger avant que vous ne partiez avec lui. Toi et moi ne devons jamais perdre confiance en notre projet. Tout ce que nous sommes en train de construire repose sur une seule clé : l'espoir que*

Zéphyr incarne le changement. Tu sais que je ne suis pas uniquement une douce idéaliste et que j'aime vérifier que les évènements se déroulent conformément à nos espérances. Pour cela, il faut que tu m'aides. Acceptes-tu de partir avec un de mes plus prometteurs élèves ?

- Tu me demandes de trimbaler un gringalet cognitif ? J'ai eu Jalbert pendant des années, je suis vacciné, répond-il.

- Toujours aussi direct, mon cher Hector. Tu n'as définitivement pas changé... à part peut-être …

- C'est de ta faute si j'ai pris quelques kilos. Fermier ! Quelle couverture ! Tu manges des cochons, des poulets, des œufs, du lard...

- Je ne connaissais pas de tel talent de cuisinière chez Miranda.

- Et bien figure-toi que c'est moi qui cuisinais la plupart du temps.

- Je comprends mieux ! Mais tu sais dans les fermes, on y fait aussi pousser des salades, des choux, des carottes...

- Bah ! je croirais entendre ta sœur. C'est d'ailleurs pour cela que je faisais la cuisine. Je voulais absolument éviter de me retrouver avec deux carottes et une feuille de salade qui se battent en duel dans ma gamelle.

Ils rient tous les deux.

- Elle me manque.

- Je sais et tu lui manques aussi. Je pars avec ton protégé demain à l'aube.

- Tu dois savoir autre chose. Il s'appelle Kaïm. Ce n'est pas un cognitif mais un organique que j'ai formé à la résistance aux sondages. Il a une grande maîtrise mémorielle lui permettant de retenir tout ce qu'il voit en un coup d'œil. Il emmagasine les images qu'il peut revoir par la suite. Tu dois savoir que c'est lui qui a touché Zéphyr

173

*! Je l'avais envoyé trouver les preuves de l'œuvre du Magister. Il ne les a pas trouvées mais il a mémorisé les plans des mines de Gorgones, le poumon financier de la République.*

*-       Il est vivant ?*

*-       Oui ! nous l'avons récupéré grâce à Jalbert. Il n'est pas ici. En suivant la route de la Tumulte tu le trouveras avec deux autres de nos agents dont un soigneur à l'arche perchée. Nous avons laissé de fausses pistes pour les soldats de la République.*

*-       Que s'est-il passé entre Kaïm et Zéphyr ?*

*-       C'est ce que j'essaye encore de comprendre. C'est pourquoi il est important que Miranda et lui se voient. Kaïm est puissamment résistant au sondage et je crois qu'il a voulu se défendre quand Zéphyr l'a touché. Il a dû pressentir la résistance de Zéphyr, activée instinctivement comme je l'ai programmé. Je ne peux émettre que des hypothèses pour l'instant. Kaïm s'est mis en repos compensatoire, forme primitive de la léthargie, sans danger car tu gardes toute conscience. Il avait besoin d'accélérer sa guérison. Il n'a pas encore les capacités pour maîtriser la léthargie comme toi ou Zéphyr.*

*-       Ça m'est d'ailleurs bien utile quand Miranda me demande d'aller nettoyer les latrines.*

*-       Oui, je n'en doute pas. Mais il faut que tu saches qu'elle sait parfaitement quand tu simules. Quand il a senti le danger venir, Kaïm a réagi avec sa résistance au sondage sur l'esprit de son adversaire.  Il faut savoir que les formes les plus violentes de résistance au sondage, comme je les programme, fonctionnent comme une attaque cognitive. Deux organiques à ma connaissance ont ce pouvoir : les deux seuls que j'ai manipulés, Kaïm et Zéphyr. Le destin les a fait se rencontrer. Là, selon ses propres mots, il a buté contre un mur. Le blocage a été violemment repoussé par Zéphyr vers Kaïm. C'est à ce moment qu'il a vu l'œil et a cessé toute connexion. Le choc*

a dû être violent pour Zéphyr. Karim me dit avoir eu l'impression d'être percuté par un ours. Qu'il ait buté sur un mur est la preuve que ma protection fonctionne toujours sur Zéphyr. Toute la question pour moi est de savoir quelles conséquences cette tentative d'agression a eues sur Zéphyr ? La première a été de libérer toute l'étendue de son pouvoir organique. Grâce à son héritage et à cette volonté de vivre que Miranda et toi avaient su lui inculquer par votre amour, il a réussi l'impossible : sortir de sa léthargie seul sans apprentissage. C'est un exploit. Y aura-t-il d'autres effets ? Je dois savoir. Seuls Miranda et Kaïm peuvent trouver la réponse.

-       Tu penses à quoi ?

-       Ma raison me pousse à savoir quelles répercussions ce choc a pu avoir sur ce que j'ai manipulé en Zéphyr ! Mon cœur supplie qu'il puisse me pardonner un jour.

L'échec est un apprentissage salvateur. Qui n'a jamais connu d'échec, ne connaitra jamais la réussite. Car pour trouver celle-ci, il faut d'abord connaître son contraire.

# 20. Echec

La pièce vibre de nouveau. Zéphyr se réveille. Combien de temps a-t-il dormi ? Il ne sait pas. Il se lève maladroitement. Il est toujours seul dans cette cave. Il est glacé. La sortie est dégagée. Aucun mur ne bloque le passage. La lumière pénètre de nouveau à travers les ouvertures. Il sort péniblement de la pièce vers le passage vouté de nouveau libre. Il arrive devant un autre recruteur.

- *Tu as échoué !* Obtiendra-t-il comme seul commentaire.

L'officier tend le doigt montrant une autre porte que Zéphyr ouvre machinalement. Il ne cherche même pas à discuter avec le Garant. Il n'en a pas envie. Il a trop froid, trop faim. Il est trop fatigué. Il voit deux chaises au centre de la nouvelle salle. Sur l'une d'elle est assis un nouveau recruteur. Il invite de la main Zéphyr à s'asseoir en face de lui et le regarde sans un mot.

- *J'ai froid, j'ai faim,* dit Zéphyr.

Pas de réponse.

- *Je suis épuisé. Quand se terminent les tests de recrutement, Garant ?*

Pas de réponse.

Comprenant qu'il ne tirera rien de ce Garant sauf à passer une nouvelle épreuve de sélection, il se résigne à l'expédier au plus vite.

-       *Que dois-je faire ?*

Toujours pas de réponse.

Zéphyr regarde les yeux du recruteur qui le fixe intensément. Soudain, il ressent d'abord une migraine. La pression monte crescendo. Zéphyr a l'impression d'avoir sa tête coincée dans un étau. L'officier est en train de lui malaxer le cerveau. Il serre sa tête entre ses mains et hurle.

-       *Arrêtez, arrêtez, ça me fait mal...*

Dans une pure réaction de défense, Zéphyr se plonge en lui-même.

Concentration ...

*Je vois les flashs qui s'affolent dans toutes les directions... Les parois des tunnels ondulent et rougissent de manière inquiétante... Je ne dois pas tenir compte de ces flashs... Ne plus tenir compte des flashs...  Ne plus tenir compte des flashs ...* se répète Zéphyr

Il est à l'intérieur de son cerveau et s'isole totalement de l'extérieur.

*Je dois figer les tunnels. Ma tête est un roc ! Rien ne peut l'atteindre. Mes parois sont des forteresses... elles résistent à toutes intrusions... elles sont solides, immobiles.*

Il s'est enfermé en autarcie dans son cerveau, seul en lui-même, ne ressentant... plus rien. Voyant l'intensité des flashs diminuer et le mouvement des parois cesser, il tente de se reconnecter, d'assouplir les tunnels. La migraine est tombée aussi vite qu'elle est venue. Il ouvre alors les yeux et voit le recruteur stupéfait, assis devant lui. Le Garant qui avait l'air si calme, si froid, si sûr de lui avant que Zéphyr ne ferme les yeux, est désormais tout en sueur, inquiet, désorienté. Une goutte de sang coule de son nez.

- *Vous avez échoué !* Dit-il. *Veuillez-vous diriger vers la porte suivante.*

Zéphyr ne se fait pas prier même si le regard affolé du recruteur ne présage rien de bon pour lui. De quoi le recruteur a-t-il eu peur ? Qu'a-t-il fait sur Zéphyr ? Pourquoi était-il dans un tel état d'épuisement ?

La faim, le froid et la fatigue ramènent Zéphyr à l'instant présent. Il n'aura pas ses réponses alors autant abréger au plus vite les séries de tests. Il espère qu'il n'a pas encore trop d'épreuves à passer sinon c'est en brancard qu'il finira la sélection.

Il retrouve trois autres camarades dans la salle suivante dont le grand costaud du départ. Chacun présente des stigmates différents de leurs tests respectifs. Un garçon svelte et athlétique arbore des habits déchirés et une morsure à la jambe. Un petit blond se tient le bras gauche en sang et son corps est couvert de boue. Zéphyr est trempé et se masse encore les tempes. Même le grand costaud est paré de deux énormes bosses sur son crâne rougi et semble avoir les chaussures et le bas du pantalon brulés. Zéphyr conclut que les tests n'étaient pas les mêmes pour tous. Un recruteur entre dans la pièce.

- *Bravo les garçons ! C'est ici l'ultime épreuve avant de faire votre bilan avec le Commandeur du recrutement.*

Zéphyr constate qu'il n'est pas le seul à soupirer de soulagement. A part, Monsieur muscles, les deux autres ne cachent pas leur satisfaction à voir le bout du parcours de sélection. Quant à la force de la nature, c'est à croire qu'il a encore gagné en énergie depuis la première salle de cours. Les causes de ses bosses, de son crâne cramoisi et de ses brulures aux jambes ont dû contribuer à accumuler une colère qu'il est prêt à libérer à tout instant.

Le recruteur reprend :

- *Si vous êtes ici c'est que chacun d'entre vous a montré quelques aptitudes intéressantes lors des tests. Ne vous réjouissez pas trop vite. Seul le Commandeur décide. Il reste cependant une épreuve : voir vos aptitudes au combat.*

- *Toi et toi, ensemble,* dit-il en montrant le blondinet et le garçon athlétique.

- *Les deux autres, ensemble ! Servez-vous d'une arme sur cette table et placez-vous l'un en face de l'autre.*

Les garçons se regardent, inquiets, se demandant jusqu'où ira le réalisme du combat, sauf notre force de la nature qui se dirige immédiatement vers la table. Zéphyr et le garçon athlétique le suivent pour profiter du choix des armes. Par dépit, le dernier suit le mouvement. Sur la table sont posées des armes d'entraînement en bois. Les garçons sont soulagés, hormis le costaud qui a déjà choisi une hache en bois aux arrêtes heureusement émoussées et qui a déjà pris position. Zéphyr prend un cimeterre, l'athlétique se saisit d'un grand bâton de combat double prise. Le dernier n'a plus qu'à prendre ce qui reste, une épée en bois.

Pendant tout ce temps le recruteur analyse chaque participant : qui prend l'autorité sur les autres, qui marque son indépendance, qui est dans la soumission, qui marque le plus de frilosité, lesquels montrent un instinct de survie. Il prend les notes devenues habituelles pour les candidats et lance les hostilités.

- *Commencez !*

L'adrénaline est à son comble chez Zéphyr. Il est habitué aux bagarres fraternelles mais jamais avec une arme. Il ressent tous les signes physiologiques que provoque l'instinct de survie. Ses muscles sont tendus. Sa température corporelle augmente. La transpiration s'accélère. Le costaud charge sans préavis Zéphyr en levant sa hache. Zéphyr n'a aucune difficulté à esquiver la frappe d'un pas chassé. Cette première passe le rassure. Il a les capacités pour faire face à son adversaire à condition de rester mobile.

-       *Je vais t'écraser, moustique,* lui lance le paquet de muscles.

Il frappe une nouvelle fois à l'horizontale avec sa hache, d'un geste puissant mais prévisible. Zéphyr observe la contraction des muscles de son adversaire, la position de ses pieds. Il cherche à anticiper ses frappes. Il saute au-dessus de la trajectoire de la hache et tend son cimeterre en retombant, piquant les fesses de son voisin.

-       *Et le moustique va te piquer, mon lourdaud.*

Le recruteur sourit de l'échange verbal et de l'audace des deux combattants. De l'autre côté de la pièce, notre blondinet est en position passive d'attente, ne sachant trop comment aborder l'épreuve. Lassé d'attendre, l'autre jeune homme effectue un arc de cercle avec son bâton qui percute le mollet du garçon. Le blondinet se retrouve à genou, gémissant. Il reçoit immédiatement un coup en plein ventre qui le plie en deux. Pour terminer en apothéose, notre athlète remonte violemment l'une des extrémités de son arme, directement sur le visage du blondinet. L'infortuné finit étalé au sol, le dos contre les pavés, le nez en sang, l'extrémité du bâton sur la glotte.

-       *Combat terminé*, lance le recruteur qui se tourne sur l'autre combat à priori moins expéditif.

Notre brute enchaîne les frappes avec sa hache. Zéphyr semble prédire tous ses mouvements. Il feinte sur ses trajectoires et abuse de son agilité supérieure. Le recruteur est concentré sur les deux lutteurs. Il jurerait que Zéphyr s'amuse à narguer son adversaire en multipliant les coups de son cimeterre sur les bras, les cuisses et les flancs. Zéphyr a totalement pris confiance en lui lors de cet exercice. Il découvre même une forme d'excitation dans le combat. Cela fait bien cinq minutes que les deux opposants cherchent à prendre l'ascendant dans l'affrontement. Excédé, le costaud prend sa hache de la main gauche pour frapper en même temps de son poing droit. Zéphyr s'étale au sol sous l'impact. Habitué aux disputes avec Virgile, et survolté par le combat, il effectue une roulade au sol et se relève, cette fois plus déterminé. Mais son adversaire a déjà enchaîné avec son arme et vient frapper Zéphyr sur la cuisse gauche. Dans le même temps, Zéphyr riposte de son cimeterre sur le bras droit du paquet de muscle. Les deux garçons se reculent. Ils se tiennent respectivement la cuisse ou le bras.

- *Combat terminé,* annonce le recruteur. *On ne vous demande pas de vous entretuer. Le blond, porte suivante. Les autres, patientez et reposez-vous.*

Le costaud s'assoit essoufflé à côté de Zéphyr. A la surprise de ce dernier qui l'avait catalogué dans les brutes ignares, il entame la conversation.

- *Je m'appelle Davos. Mais mes amis m'appellent Dave. Beau combat pour un avorton.*

- *Merci. Je m'appelle Zéphyr. Mes amis m'appellent l'avorton bouffeur de Dave. Et pas mal pour un ours sans cervelle !*

- *Quelle épreuve as-tu réussi ?*

- *Je ne sais pas bien.* Zéphyr décrit le test qu'il a réussi.

- *Tu es un organique comme moi ! On risque de se revoir. Et là je t'écraserai l'asticot,* dit-il en donnant un coup de coude.

- *Je m'en doutais un peu,* dit Zéphyr … *d'être un organique … pas un asticot,* se reprend-il.

Les deux rient aux éclats, laissant éclater leur soulagement après cette journée éprouvante. Qui l'eut cru ? Zéphyr découvre qu'il y a une âme derrière celui qu'il avait jusqu'à maintenant catalogué dans les brutes épaisses sans cervelle.

- *Le rigolo numéro un,* dit le recruteur en montrant Zéphyr, *porte en face !*

La République est un état dont la souveraineté appartient au peuple. Il est dirigé par un conseil, représentant le peuple. Il a pour mission de défendre l'intérêt commun du peuple.

On peut donc s'interroger sur les raisons pour lesquelles il l'envoie combattre, blesser, tuer, espionner, bruler, piller, exécuter, égorger le peuple voisin.

# 21. Commandeur du recrutement

-       *Asseyez-vous en face de moi, jeune homme,* dit le Commandeur.

Zéphyr n'a pas oublié de se mettre au garde à vous en entrant dans la pièce. Se retrouver pour la première fois devant un Commandeur efface les dernières traces d'assurance qu'il lui restait. Son état de fatigue, sa tenue vestimentaire encore mouillée et déplorable lui font dire qu'il doit faire pâle figure devant l'officier supérieur. A l'inverse, la tenue du Commandeur est impeccable. Les trois éclairs dorés brillent sur ses épaulettes.

Malgré toute la fatigue accumulée aux cours des tests de sélection, une certaine impatience le gagne. A-t-il une chance d'entrer à l'académie ? Il serait tellement fier de revenir voir sa mère avec une tenue d'officier comme celle du Commandeur, avec deux éclairs en moins, bien sûr.

-       *Vous êtes clairement un organique, jeune homme. Je dirai même un organique très prometteur. En cela, vous êtes précieux pour la République qui peut et souhaite investir sur vous. Vous avez maîtrisé la technique de filtrage auditif comme aucun n'a réussi sans apprentissage. Et surtout, à défaut de savoir réguler votre vue dans les spectres sombres, utiliser cette technique pour vous guider dans le noir est très ingénieux. Si vous montrez les mêmes performances quand on vous aura enseigné comment piloter vos cinq sens, vous serez un de nos plus brillants élèves. Vos facultés pour tempérer les situations stressantes est un atout indéniable. Outre vos qualités organiques, vous avez fait preuve d'une grande intelligence pour vous adapter à chaque imprévu venu parsemer votre chemin.*

Il regarde Zéphyr droit dans les yeux. La fierté qu'il perçoit dans les yeux du garçon, le fait sourire. La recrue réagit comme si elle venait de découvrir un potentiel caché.

\- *Il est donc normal que vous ayez échoué à trouver le mécanisme de la salle rotative car seul un kinesthésique aurait réussi. Aussi logiquement vous avez échoué à dialoguer avec mon agent cognitif.*

Il marque une pause, continuant de dévisager Zéphyr.

\- *Il y a cependant deux choses qui me gênent.*

Le Commandeur laisse planer le silence volontairement tout en scrutant les réactions de son interlocuteur. Il semble avide de connaitre plus profondément chacun des élèves que les tests de sélection ont pu distinguer. Il repère presque avec satisfaction les premiers signes d'inquiétude chez Zéphyr. Ses pupilles se sont agrandies. Ses muscles se sont tendus. Il peut continuer :

\- *Mon agent n'a pas réussi à vous sonder or c'est sa spécialité. Que vous ne puissiez pas communiquer avec lui est une chose mais il n'a même pas réussi à se faire entendre. Il en est même sorti... secoué par votre résistance au sondage. Comment expliquez-vous ce phénomène ?*

Zéphyr sait qu'il joue son entrée à l'académie à cet instant. Si le Commandeur doute, il pourra par précaution refuser la formation organique à Zéphyr. La République n'investira sur un soldat que si elle est sûre de sa fidélité. Et pourtant, Zéphyr n'a pas le début d'une explication pour cette capacité qu'il découvre à l'instant même. Il a bien noté que l'instructeur paraissait tout retourné. Il a deviné qu'il a essayé de 'lire' en lui quand il a senti une pression intruse dans son cerveau mais il ne savait pas qu'on appelait cela un sondage. La meilleure chose à faire, c'est de dire tout simplement ce qu'il a ressenti.

- *Je ne comprends pas, Commandeur. La seule chose dont je suis sûr, c'est qu'il me faisait mal et je voulais que cela cesse. J'ai essayé de me protéger.*

- *Comment vous êtes-vous protégé ?*

Décidé à ne plus mentir pour ne pas risquer le courroux de son supérieur et rassuré par la normalité de ses capacités, Zéphyr explique avec ses mots :

- *Je suis rentré dans ma tête et j'ai demandé à mon cerveau de se fermer. J'ai voulu interdire à des lumières étrangères de violer mon territoire. Mon cerveau se révolte tout seul quand une présence inconnue tente d'y entrer.*

- *Fascinant ! Même si vous l'avez décrit avec vos mots, vous venez de décrire une autarcie cérébrale. C'est une technique maîtrisée par de rares Commandeurs organiques. Elle est un préalable à la léthargie protectrice. Mais passons ! C'est de la théorie pour vous. Sachez que vous avez, semble-t-il des aptitudes innées pour exécuter des exercices organiques complexes. Venons-en au second point que je dois éclaircir. Votre œil me perturbe. Vous voyez clairement, nous l'avons constaté. Alors quelle est cette anomalie ? Est-ce une maladie ?*

- *Je n'en sais rien moi-même. J'ai cet œil depuis ma naissance, Commandeur.*

Comme guidé par une hypnose antérieure, Zéphyr continue alors inconsciemment.

- *C'est une forme de dépigmentation oculaire qui n'entrave en rien le fonctionnement de l'œil. C'est une banalité anatomique qui ne mérite pas qu'on s'y attarde.*

Aussi inconsciemment qu'il a répété les mots de sa mère, il occulte le passage suivant ' *sauf à passer pour un incompétent auprès de sa hiérarchie.* ', lequel lui aurait sans doute valu une réaction inattendue de la part du Commandeur.

-       *Ce type d'anomalie me rappelle quelque chose. Avez-vous des parents ou proches qui ont la même pigmentation oculaire ?*

-       *Non, Commandeur.*

-       *Je vous regarde et ce qui est clair c'est que vous-même ne savez pas pourquoi votre iris présente différentes couleurs. En temps normal, j'irai fouiller dans les archives de l'académie les causes et significations de cette... singularité. Mais je vais être très franc. Je ne prends pas habituellement le risque d'investir dans la formation d'un sujet présentant un risque physique. Il ne faudrait pas que vous deveniez aveugle et que votre formation soit dispensée à perte pour la République. Cependant le potentiel de vos aptitudes organiques mérite ce risque. Ce qui m'amène à la dernière partie de notre entretien. Connaissez-vous les différentes orientations possibles pour un aspirant organique ?*

Zéphyr tente de se remémorer le cours magistral de sélection.

-       *Oui Commandeur. Nous y trouvons notamment les soldats d'élite.*

-       *Oui c'est bien mais je ne vous demande pas de me réciter le simulacre d'instruction que vous avez eu en arrivant. Sachez que d'autres possibilités s'offrent à un organique prometteur. Voulez-vous éradiquer la République de ses détracteurs ?*

-       *C'est à dire de les tuer, Commandeur ?*

-       *Cela vous gêne-t-il ?*

-       *Pour dire vrai, je n'y ai jamais vraiment songé, Commandeur. Mais en me projetant... peut-être que cela* va me gêner un peu. Je n'ai jamais fait de mal à quelqu'un. Je veux dire vraiment mal. J'imagine bien que dans une guerre, en tant que soldat, je serai confronté à cela mais je ne sais pas si j'en serai capable.

- Alors vous mourrez. Savez-vous que ces détracteurs, qu'on les appelle Sarriens de l'ouest ou bannis du sud, n'hésiteront pas un instant à vous trancher la gorge, tuer votre femme, enlever vos enfants, bruler votre ferme. Ils jalousent tout ce qui appartient à la République : les maisons, les écoles, les échoppes que vous avez vues en entrant dans la capitale et que nous voulons étendre à tout le territoire. Ne voulez-vous pas défendre ces valeurs ?

- Si, bien sûr, Commandeur.

- Très bien. Dans ce cas revenons à votre orientation. S'il est vrai que la plupart des organiques constitue le bras armé de la République, certains élèves organiques suivent un cursus spécialisé. On y retrouve les futurs gardes républicains, des membres de commandos d'élite et dans de rares cas pour des organiques, les espions. Or il se trouve que votre aptitude à résister si jeune à un sondage est une technique recherchée chez nos agents d'espionnage et d'infiltration. Normalement, l'espionnage est l'apanage des cognitifs. Le commun des organiques n'a pas les subtilités cérébrales pour résister à un interrogatoire mais les cognitifs manquent souvent d'excellence dans leurs capacités physiques. L'histoire a montré que les meilleurs espions ont toujours été des organiques même si les candidats organiques avec vos aptitudes sont rares. Ces rares cas suivent certains cours à l'école des cognitifs. Qu'en pensez-vous ?

- Je ne sais pas, Commandeur. Tout ça, c'est trop nouveau pour moi.

- Evidemment.

Visiblement trop satisfait d'avoir trouvé un potentiel intéressant, le Commandeur ne pousse pas plus loin son investigation. Les exigences du conseil le poussent définitivement dans le quantitatif plutôt que le qualitatif. Il doit absolument remplir son quota d'élèves des arts pour les besoins belliqueux de la République. Alors, un élève qui sort du lot est inespéré.

- *Très bien jeune homme. Désormais vous êtes Aspirant organique. Je mets dans votre dossier, section combat et espionnage. Vos aptitudes au combat et votre surprenante résistance au sondage sont des atouts indéniables pour ce à quoi je vous prédestine. Vous allez suivre mon Garant qui vous guidera dans vos nouveaux quartiers. Il vous accompagnera demain pour votre première journée, consacrée à l'intendance. On vous remettra vos équipements et uniformes puis vous aurez une présentation et visite de l'académie. Vos cours commencent après-demain. Longue vie à la République ! Rompez soldat.*

Il note en parallèle sur le dossier de Zéphyr, à destination du service de communication :

*Hautes aptitudes : A fidéliser et endurcir.*

Si vous cherchez l'antonyme de conseil, vous trouverez le mot

*Interdiction*

Si vous cherchez la définition de conseil, vous trouverez :

*Avis que l'on donne à quelqu'un sur ce qu'il doit faire **ou ne pas faire***

Il est tout de même troublant que la définition du conseil et son contraire soient si similaires.

## 22.  Conseil

Douze des treize Commandeurs du conseil sont réunis autour de la table. Seul manque Carnage, Commandeur des armées occupé sur le front Ouest. Même cachée derrière son masque, l'humeur du Magister n'est pas un secret quand on entend le ton de sa voix. Il est aux abois dans son conflit avec la Sarroie. Les demandes du front en moyens humains et financiers sont galopantes. Il faut mettre un terme victorieux rapide à leur expansion vers l'Ouest.

-        *Commandeur Swat : rapport sur le recrutement.*

-        *En élargissant l'âge du recrutement, nous avons cent cinq organiques, soixante cognitifs et trente kinesthésiques repérés, de quoi alimenter une promotion, Magister.*

-        *Y a-t-il des éléments avec un potentiel puissant ?*

-        *Une dizaine, Magister. J'ai transmis la liste au Commandeur de la communication avec mes propres conclusions.*

-        *Commandeurs des écoles : rapport sur les formations accélérées.*

-        *Concernant les organiques,* dit un Commandeur organique, *nous proposons de libérer un premier* contingent d'une soixantaine d'individus parmi les cent cinq au bout de six mois pour dirons-nous... mettre un peu d'intelligence dans les premières lignes. Nous investirons pour les trente meilleurs sur un an de formation en ne misant que sur la formation de guerre. Nous espérons garder les dix potentiels les plus prometteurs, Magister.

-       Vous ne garderez rien du tout. Vous envoyez tout le contingent au terme maximum d'un an chez le Commandeur Carnage sur le front Ouest qui vous renverra les survivants pour poursuivre leur formation lorsque les Montagnes Désertes seront sous la coupe de la République.

-       Concernant les cognitifs, reprend un Commandeur cognitif, vous aurez des agents formés à l'interrogatoire en six mois, au renseignement en un an, Magister.

-       Pour les kinesthésiques, des architectes de machine de guerre en un an, Magister.

-       Rapport sur la sécurité intérieure, Commandeur Linch.

-       On note une activité sur la frontière libre avec le territoire des bannis. Deux patrouilles manquent à l'appel, sans doute victime des dégâts collatéraux dus à nos recherches du fugitif. Les bannis ont dû tout tenter pour le retrouver. Nous avons finalement retrouvé le corps du banni fugitif. Il manquait la tête. L'une de nos patrouilles s'est sans doute amusée avec un peu trop de zèle, Magister.

-       Bien, Commandeurs des arts, vous livrerez vos contingents formés au Commandeur Carnage. Vous pouvez vous retirer, sauf vous, Commandeur de la communication.

Les membres du conseil se retirent. Le Magister s'approche pour parler plus discrètement au Commandeur Sono.

-       Vos conclusions sur le recrutement. Pouvez-vous fidéliser les dix éléments prometteurs ? Avec ses formations accélérées et ce recrutement chez les plus jeunes, nous négligeons forcement leur adhésion à la République.

\- Bien sûr, nous pouvons même faire une pierre deux coups, Magister.

\- Que voulez-vous dire ?

\- Disons que nous allons renforcer les croyances populaires, préparer l'opinion contre les bannis et entretenir la haine chez les nouvelles recrues contre ces rebelles. Les meilleures recrues seront d'une fidélité à toute épreuve, croyez-moi, Magister.

\- Je sais pourquoi vous êtes mon préféré, Sono. Vous savez où est l'intérêt de la République.

\- Ainsi que le vôtre.

Les Lynx sont des félins de la sous-famille des félinés. La largeur de leurs coussinets étouffe le bruit des pas et assure une démarche totalement silencieuse. Les pinceaux auriculaires permettent de capter la direction du vent. Ils ont une vision très sensible même sous faible luminosité et très précise pour détecter le mouvement. L'odorat est puissant. Les vibrisses souvent appelées « moustaches » qui se trouvent sur le museau, au-dessus des yeux, sur les joues et au niveau des pattes sont des organes du toucher très sensible.

## 23.  Le lynx

Depuis un mois, les élèves enchaînent les cours et les entrainements. Cours d'anatomie, de concentration, d'introspection, initiation à la stratégie militaire, combat rapproché, combat à distance, siège d'une place fortifiée, espionnage et renseignement. Très facilement une poignée d'élèves se démarquent de leurs homologues grâce à leurs capacités. Parmi cette dizaine d'élèves, on retrouve Davos, un organique pur sur le modèle d'Hector mais surtout un élève qui est sans discussion au-dessus de cette élite : Zéphyr.

-       *Que donnent nos recrues, Garant ?*

-       *Nous nous contentons du minimum nécessaire pour en faire des fantassins de luxe, Commandeur. En six mois, il est impossible de leur faire découvrir leur potentiel organique. Au mieux, certains ont tout juste conscience de leurs courbatures alors je ne vous parle pas de réussir une introspection !*

-       *Nous n'avons pas le choix : vous envoyez un premier contingent de soixante garçons sur le front Ouest. Confirme-t-on le potentiel de nos bonnes recrues ?*

-       *Oui, une dizaine dont un élève surpasse les autres ! Le lynx progresse à une vitesse époustouflante. Il fera partie de l'élite des organiques que l'école a pu former.*

-       *Le lynx ?*

-       *Pardon, Commandeur, l'Aspirant Zéphyr.*

-       *Pourquoi ce surnom ?*

-       *Les instructeurs lui ont affublé ce surnom, en raison de son œil et de ses capacités. Il voit très bien mais il a une dépigmentation du …*

-       *Oui, oui je sais. Je m'en souviens. Bien donnez-moi la liste de ces dix noms. Le Commandeur de la Communication me les demande sans doute pour louer les mérites de l'école. Vous garderez un an les dix élus puis ils partiront aussi sur le front Ouest… espérant qu'ils reviennent un jour pour leur dispenser une vraie formation.*

La lumière nous permet-elle de mieux voir ?

Pas si sûr.

Eteins cette bougie qui éclaire ton visage.

Là, tu vois comme tes yeux s'adaptent

Et voient la pièce dans son ensemble.

# 24. Formation

- *Aspirant Zéphyr ! A vous !*

Zéphyr pénètre dans la pièce. L'instructeur referme la porte derrière lui. Pour changer les habitudes des examens pratiques à l'académie, dans la pièce il fait ... noir.

Vision nocturne ...

*Je suis dans la salle voutée devant le mur scintillant de couleurs avec les fils qui se rejoignent dans le tube central... toutes les couleurs glissent le long des fils. A l'extrémité des fils vers le mur, je vois des bâtonnets et des cônes... je dois dilater les bâtonnets... pour avoir plus de surfaces réceptrices de la lumière... je me concentre sur les bâtonnets, j'augmente l'influx sanguin dans la salle voutée...*

*Ça y est ! Je vois dans le noir... je ne vois plus les couleurs... les cônes étant secondaires et étouffés par la taille des bâtonnets récepteurs de lumière. J'ai augmenté la sensibilité de mes yeux à percevoir les contrastes... je vois la clé dans un coin de la pièce ... je la prends et ouvre la porte... seconde pièce encore plus noire... ma vision nocturne ne fonctionne plus... pas le moindre contraste de lumière... je passe au second exercice... se concentrer sur les cellules nerveuses en contact avec le mur rétinien... capter les variations de chaleur sur la rétine... amplifier les* cônes sur les parties de la rétine les plus chaudes … intensifier les messages nerveux provenant des cônes les plus sollicités … je vois les fils qui scintillent de rouge sur les zones les plus chaudes, de jaune pour les zones tempérées, et de bleu sur les zones les plus froides… je vois deux hommes en rouge et jaune dans un ciel bleu… ils bloquent une porte… je m'approche d'eux … ils s'apprêtent à me frapper de leurs poings … j'esquive… coup de pied retourné dans l'estomac de celui de droite... coup de coude au visage du second… le temps qu'ils se reprennent, j'ouvre la porte… Aie ! je ressens une extrême douleur… fermer les yeux immédiatement… une lumière trop vive et aveuglante… rééquilibrer la taille et l'excitation des bâtonnets et des cônes… retrouver une sensibilité adaptée à la lumière du jour…

- Bravo le lynx ! encore une fois un sans-faute, dit un instructeur, tu es le deuxième à réussir à sortir mais le seul en réalisant l'exercice de manière … conventionnelle !

Zéphyr voit trois de ses compagnons de promotion. Deux sont mal en point, le nez en sang ou se tenant les côtes. Il voit Davos tout sourire avec un œil poché et une bosse encore gonflante sur le front.

- C'est moi le premier à avoir réussi ! Lance-t-il à Zéphyr.

- A voir ta tête, tu as appliqué une autre technique que la vision thermique.

- Oui. Mais ça marche, le résultat est le même. Je l'ai appelé : Vision du rentre dans tout ce qui bouge.

- Tu n'y as pas été de main morte, dit Zéphyr en voyant la main ensanglantée de Davos

- Ah ça ! non c'est parce que la technique du rentre dans tout ce qui bouge a un inconvénient dans le noir. Tu ne vois pas si ça ne bouge pas justement. Et le mur, contrairement aux deux bouseux de garde, n'a pas bougé quand je l'ai frappé.

-      Et les deux pauvres soldats, juste venu pour un exercice tranquille ?

-      Ils ont été remplacés quand je suis sorti. Y parait qu'ils étaient trop fatigués pour poursuivre la leçon avec toi.

-      Si tu continues comme cela, plus personne ne voudra nous entraîner.

-      Bah ! il m'restera toujours mon avorton favori.

En disant cela, il flanque une grande frappe dans le dos de Zéphyr qui, malgré sa forme athlétique fait un bond d'un mètre en avant.

-      Bon les aspirants ! Depuis une semaine, nous avons travaillé essentiellement le contrôle de la vue. Entrainez-vous, vous serez évalué devant le Commandeur dans les jours qui viennent sur la vision nocturne et la vision thermique. Rappelez-vous ! Lorsque vous adaptez votre vision à un environnement sombre par exemple, de toujours vous préparer à la transition avec l'environnement suivant qui peut être très lumineux. Cela vous évitera, d'être inopérant pendant quelques   secondes qui peuvent vous être fatales, n'est-ce pas le Lynx ?

-      Oui, Garant, répond Zéphyr qui perçoit toujours l'affolement dans sa rétine après le choc brutal avec la lumière.

-      Vous allez maintenant en salle d'entraînement au combat rapproché. Demain nous aborderons les techniques de détection thermique par l'épiderme. Cette technique vous permettra dans un combat rapproché, de sentir un potentiel adversaire tout autour de vous, même hors de votre champ visuel. Ajouté au filtrage auditif, vous devez être capables de percevoir le moindre mouvement d'un être vivant sans recours à la vue. Allez du nerf ! En salle d'entrainement au pas de course !

Quand vient l'heure du bilan,
La joie a rendez-vous avec le chagrin.

# 25. Conclusion

-       *Le lynx ! Le Commandeur veut vous voir.*

-       *Le Commandeur ? S'*interroge Zéphyr.

-       *Oui ! pas la crémière ! Le Commandeur ! Dépêche-toi.*

Zéphyr court au bureau du Commandeur de l'école organique. Il frappe à la porte.

-       *Entrez !*

Zéphyr obéît et se met au garde à vous.

-       *Repos, Aspirant. Asseyez-vous. J'ai beaucoup entendu parler de vos talents, Aspirant. Félicitations. Nous misons beaucoup sur votre potentiel pour je l'espère augmenter le nombre de représentants organiques de valeur au sein de République. Continuez !*

-       *Merci, Commandeur.*

-       *Toutes les techniques de maîtrise des sens vous sont acquises et ce, facilement. Il existe différents degrés dans le pouvoir organique. Vous êtes indéniablement doué d'une facilité d'introspection qui est naturelle chez vous, alors qu'elle restera à jamais difficile pour la plupart. Vous êtes un pur organique. La répétition des exercices est même une perte de temps pour vous. Je ne vais surement pas* perdre le mien à vous évaluer. Aussi, vous allez démarrer quelques cours chez les cognitifs dès la semaine prochaine. Il est temps de creuser cette faculté de résistance au sondage… Votre rapidité d'assimilation est un atout dans un contexte où nous sommes contraints de, quelque peu, abréger et condenser la formation à la demande du conseil. C'est pourquoi, j'intensifie pour vous l'instruction avec un programme particulier.

-       Bien, Commandeur. Puis-je vous poser une question ?

-       Bien sûr !

-       Si un Cognitif essaie de me malaxer le cerveau, est-ce que je peux transformer le sien en pâté pour chien.

-       Malheureusement non ! Et pourtant je serai ravi et fier de vous voir faire cela. En tant que Commandeur organique, j'en ai plus qu'assez de la suffisance des cognitifs qui réduisent les adeptes de l'art à trois catégories : les bras musclés, les maçons et eux, les têtes pensantes. Dans mes rêves les plus fous, je nous vois les remettre à leur place. Il est vrai que le Magister leur accorde trop souvent les bonnes places au conseil, à part Carnage, bien sûr. Mais n'ayez crainte pour votre crâne, votre réputation vous précède déjà. Ils se méfieront de trop vous malmener. Votre arrivée dans les couloirs de l'école cognitive a déjà fait le tour de l'académie. Alors, allez-y doucement, Aspirant.

-       Compris, Commandeur.

-       Cependant, j'ai une mauvaise nouvelle pour vous, mon garçon. Les bannis sont de plus en plus actifs dans la région de la Tumulte. Ils exercent des raids sanguinaires sur les fermes isolées. Ils emmènent les enfants, tuent les hommes et les femmes. On me rapporte qu'il y a eu des fermes visées par ces sauvages dans la zone où vos parents résident. C'est habituellement une zone calme. Mais les bannis poussent de plus en plus loin leurs exactions sur le territoire. J'espère que le conseil va réagir.

*Pour ce qui vous concerne, je vais vous donner une permission exceptionnelle d'une journée, chose extrêmement rare pour un Aspirant durant sa formation pour que vous puissiez aller sur place avec une escouade de soldats pour vérifier que tout va bien pour votre famille et par la même occasion pacifier la zone.*

Zéphyr ne masque pas son inquiétude. Mais son excitation de revoir ses parents surpasse ses craintes. Leur ferme est bien trop isolée pour attirer la moindre convoitise. Virgile est trop âgé pour se laisser enlever sans résistance. Elle ne peut pas être une cible logique pour les bannis.

Il sourit devant le Commandeur.

- *Merci Commandeur.*

Il va pouvoir raconter à sa mère tout son parcours à l'académie. Il va pouvoir lui expliquer qu'il n'a pas rêvé. Il a un don. Il se souvient bien de ses paroles. *Je suis fière de toi !* Elle aura de quoi être fière. Son fils est un organique. Il va entrer dans le cercle fermé des officiers initiés à un art de la République. Il se promet de reverser une partie de sa solde à ses parents. C'est une maigre reconnaissance après tout ce qu'ils ont fait pour lui. Il n'a jamais perçu la moindre différence dans l'éducation et l'affection avec Virgile, leur unique fils naturel. Il essaye déjà d'imaginer la joie de sa mère quand il arrivera dans son costume d'Aspirant. Tous les voisins sauront que le fils de la ferme d'à côté est un brillant officier de la République. Il a hâte de raconter les tests de sélection à Virgile et lui raconter que les rumeurs populaires étaient fausses. L'académie est juste. C'est une grande école de la vie. Il est finalement interrompu dans ses projections par le Commandeur.

- *Vous avez deux jours. Rompez soldat !*

*Deux jours ! C'est formidable* pense Zéphyr. *Dave va en crever de jalousie.*

Zéphyr ne perd pas un instant. Il salue le Commandeur et sort avec précipitation pour partir au plus vite.  Il court dans ses quartiers et cherche son frère d'arme.

- *Où est l'aspirant Davos ?* demande-t-il à un compagnon de chambrée.

- *Il a été appelé chez le Commandeur.*

Zéphyr trépigne sur place en attendant Davos. Il s'est déjà préparé pour sa permission et mis son costume d'Aspirant, réservé pour les parades. Dave arrive en courant dans la chambrée.

- *Eh, Zéf ! Je vais revoir mes parents.*

- *Toi aussi ?*

Les deux jeunes hommes se regardent. Leur excitation laisse place de nouveau à l'inquiétude. Les raids ont dû être plus importants qu'ils ne l'avaient imaginé.

Le passage à l'âge adulte n'est que la prise de conscience que l'on devra désormais lire seul, son histoire avant de dormir.

# 26. Désolation

Zéphyr, désormais Aspirant et ayant autorité sur l'escouade, pousse les soldats pour activer le pas jusqu'à la ferme. Les idées les plus antagonistes se bousculent dans sa tête. Il est rongé par l'inquiétude de possibles raids bannis sur la ferme parentale puis l'instant d'après, s'imagine revoir ses parents, remplis de fierté de voir leur fils dans son magnifique uniforme d'officier.

La ferme est isolée, dans un endroit qui a toujours été calme. Il a vécu son enfance sans jamais avoir, ne serait-ce qu'un soupçon de crainte, pour sa sécurité. Il pense à sa mère Miranda, son frère Virgile, son père Hector. De nouveau, il s'inquiète. Maintenant qu'il s'entraîne au combat, au maniement des armes, il connait les ravages que provoque la frénésie guerrière. Que peut faire un fermier avec sa fourche contre un raid de soldats aguerris ? Que peut faire sa mère, elle qui a toujours défendu l'amour de son prochain avec un pacifisme à toutes épreuves ? Enfin, ce n'est pas les quelques bagarres fraternelles avec son frère qui ont préparé Virgile à se défendre.

Il ordonne au détachement de se mettre au pas de course. Sans y prêter attention, il force la foulée distançant ses accompagnateurs, qui font de leur mieux pour suivre la cadence de leur chef d'escouade.

Vision et odorat

*De la fumée noire... une odeur de cendre...*

Il ne retient même plus ses foulées et court de toutes ses forces.

*Beaucoup de fumée...*

Il voit la ferme au détour d'un bosquet d'arbre.... Saisi d'angoisse, il coupe son élan. La ferme, la grange, tout est en cendre. Il reprend sa course et hurle :

- *Maman, Papa, Virgile !*

N'ayant aucune réponse, il arrive sur les lieux de l'incendie. Il marche sur les braises encore chaudes. Il recherche un indice, une piste pendant un bref instant, pouvant lui indiquer où ses parents et son frère sont partis. Il reconnait les restes d'un vase qui trônait sur la cheminée. Les instruments de cuisine de sa mère sont noircis par le feu et trainent, dispersés dans les cendres de ce qui devait être la cuisine. De loin, il reconnait le cadavre d'une vache calcinée dans l'incendie.

*Ils n'ont pas réussi à sauver les animaux,* pense-t-il.

L'odeur est insupportable et pourtant elle est à peine perceptible par Zéphyr tant son esprit est sclérosé par l'angoisse. Toute sa vie, ses souvenirs heureux sont partis en fumée. Il cherche désespérément des traces qui pourraient lui donner une indication de la direction prise par les bannis, ou une piste vers laquelle ses parents et son frère ont pu fuir. Il fouille les décombres.

C'est alors que l'horreur le frappe de plein fouet. Jamais de sa vie, même lors des combats les plus violents en entrainement, il n'a reçu un coup aussi brutal et violent. Son corps se vide de toute substance. Il voit, sous les restes d'une poutre encore fumante, un corps.

Ignorant la douleur des braises sur ses mains, il pousse la poutre qui cède facilement. Le corps est méconnaissable. On devine seulement un corps de femme adulte. Autour du cou de la victime, à son grand désespoir, il reconnait un collier en perles noircies par le feu. Ces perles étaient dans son souvenir d'un blanc étincelant et brillaient comme le visage de leur propriétaire. *Maman !* Zéphyr s'effondre, affaissé devant le corps carbonisé, pleurant toutes les larmes de son corps.

Les soldats arrivent derrière lui. Il leur faut peu de temps pour comprendre le drame. Ils laissent le jeune officier à sa peine, compréhensifs de la douleur du garçon. Aucun n'a l'idée d'ironiser devant un supérieur effondré de chagrin. Ils compatissent et reportent leur haine sur les auteurs de cet acte odieux. Respectant le deuil de leur supérieur, ils fouillent les décombres de leur côté. Ils finissent par trouver une autre victime, le corps d'un homme grand et trapu, la tête, les mains et les pieds tranchés avant de finir sous les flammes.

Après leur fouille, ils attendent leur aspirant avec patience. Après un long, très long moment durant lequel le silence est pesant, l'un des soldats avance vers Zéphyr. Il pose sa main sur l'épaule du jeune homme.

-       *Il n'y a plus rien à faire, Aspirant !*

Zéphyr, le visage trempé de larmes, les mains brulées, le regarde et se lève sans un mot. Le soldat avale sa salive avant de continuer.

-       *Nous avons retrouvé un autre corps, Aspirant. Un homme. Je dois vous dire qu'il a été torturé. Je suis désolé, Aspirant.*

Zéphyr fait un signe de tête. Ses larmes ont cessé brusquement. Il reste en silence, ses pensées dans le vague. Quand enfin il regarde de nouveau ses soldats, il est méconnaissable. Son visage s'est fermé. Sa jeunesse est morte aujourd'hui. Bien trop calmement, il s'adresse aux soldats :

-       *Avez-vous trouvé un troisième corps ? Celui d'un jeune garçon ?*

- Non, Aspirant. Il n'y a que deux corps dans les décombres. Nous avons fouillé tous les environs.

- Avez-vous vu leurs traces ?

- Oui, Aspirant. Un groupe de six ou sept mercenaires sont venus du sud à travers la forêt. Ils ont repris la même direction.

- Soyez en témoins ! Je tuerai et massacrerai tous les bannis jusqu'au dernier. Je n'aurai de cesse de les exterminer tant qu'il me restera un souffle de vie.

Zéphyr reste en silence, ruminant sa haine et sa soif de vengeance. Aucun des soldats ne bougent, attendant les ordres. Voyant que l'Aspirant n'est pas en état de décider, le presseur qui dirige le groupe d'hommes prend l'initiative.

- Aspirant ! Il est trop tard pour les suivre. Ils ont au moins une journée d'avance. De plus, mes instructions sont claires. Nos supérieurs avaient anticipé le pire scénario. Je dois vous ramener à l'académie sain et sauf.

Zéphyr regarde fixement le Presseur. Ce dernier n'est pas à l'aise. Il connait la réputation du jeune prodige. Il ne doute pas que si le jeune homme décidait de poursuivre les bannis, lui et sa troupe ne pourraient pas l'en empêcher. Ils ne feraient pas le poids devant Zéphyr, qui plus est, motivé par une rage insondable. Voyant son officier hésiter, Le Presseur tente une dernière approche :

- Vous aurez votre vengeance, Aspirant. C'est ce que nous voulons tous. Mais préparez-la. La République a besoin de vous. Elle vous donnera les moyens d'y parvenir. Avec ces moyens, rien ne pourra vous arrêter.

Zéphyr n'a pas lâché le Presseur du regard, un regard froid et sans émotion. Il finit par tourner la tête en direction des cendres et du corps de sa mère.

- Aidez-moi à leur donner une sépulture descente, se contente-t-il de répondre.

Le Presseur ne cache pas son soulagement. Il craignait une réaction démesurée de son Aspirant, allant à l'encontre des ordres de leur hiérarchie. Il se souvient parfaitement des paroles du Commandeur. « Vous nous le ramenez vivant. S'il tente quoi que ce soit d'irréfléchi, vous l'assommez. ».

Sous l'impulsion du Presseur, les soldats ont récupéré et reconstitué des outils brulés avec la ferme pour préparer une tombe à l'écart de l'incendie, en lisière de forêt. Ils y ont finalement déposé les deux corps côte à côte, laissant leur Aspirant à l'écart dans ses pensées. Ils ne veulent pas lui infliger la douleur supplémentaire de récupérer ce qu'il reste de ses parents.

Avec tact, le Presseur vient rechercher son officier quand la tombe a été rebouchée avec une croix bricolée en bois. Zéphyr se met à genou devant la stèle improvisée de ses parents.

- *Je reviendrai vous offrir un lieu de repos digne de tout ce que vous m'avez offert,* dit-il en s'adressant à ses parents adoptifs. *Dites bonjour à mes autres parents là-haut. J'aurais tant voulu que vous puissiez voir ce que je suis devenu et vous remercier de m'avoir accueilli, éduqué comme votre fils. Vous n'avez pas fini d'être fiers de moi. J'écraserai toutes les injustices de ce monde. Ceux qui vous ont fait cela, périront. Je n'aurai aucune pitié. Ce ne sont que des barbares, sans foi ni loi, pour s'en prendre à de simples fermiers. Quels dangers représentiez-vous pour eux ? Aucun... Les bannis doivent être éradiqués de ce monde. Je serai patient. Je vais servir la République de tout mon cœur et de toute mon âme pour qu'elle m'offre les moyens de revenir avec une armée. Tremblez bannis. Vos jours sont comptés.*

Les yeux de Zéphyr sont gonflés de rage, une rage froide et calculatrice. Non, il ne va pas poursuivre les assaillants de la ferme. Au mieux, il les rattraperait, les tuerait. La République serait débarrassée d'une poignée de bannis et lui serait révoqué voire exécuté pour avoir transgressé les ordres. Il veut devenir un seigneur de guerre, impitoyable et sans concession dont l'unique réputation suffira à écraser les velléités de rébellion. Il va servir la République pour devenir un de ses piliers et reviendra tuer non pas cinq ou dix bannis mais la totalité de ces renégats.

- *Adieu chers parents.*

Puis il se lève et se retourne pour reprendre la route de Brévor avec l'image de sa mère sous les flammes dans la tête.

Les soldats ayant entendu parler du jeune prodige organique ont tous la même pensée. Un changement terrible vient de se passer sous leurs yeux aujourd'hui. Une jeunesse est morte. Une grande part d'humanité vient de quitter leur Aspirant. Avec ses dons, ils savent que ce jeune officier va grimper rapidement les échelons de la République pour devenir un cadre de l'armée. Sera-t-il uniquement guidé par son désir de vengeance et de cruauté ? Les bannis viennent de se faire le pire ennemi qui soit. Mais ce n'est pas tant pour les bannis que les soldats s'inquiètent. C'est plus pour leurs frères d'armes qui exécuteront les ordres de cet officier. Zéphyr, à n'en pas douter sera impitoyable pour assouvir sa vengeance. Une terrible machine de guerre vient de naître.

Si les guerriers avaient appris à danser,

Ils n'en seraient que plus efficaces.

Le geste aurait plus d'importance que la victoire.

Il y aurait des spectateurs à la guerre.

On applaudirait les perdants.

La danse sollicite tous les registres de notre être : Le corps, le social, le mental, les émotions.

Quand apprendra-t-on à danser à nos soldats ?

# 27. Démonstration

Les mois passent. Cela fait un an que Zéphyr suit sa formation de guerrier organique. Il a reporté toute sa haine pendant les séances d'entrainement. Il rumine son désir de vengeance durant les pratiques d'introspection. Sa formation est un vrai défouloir.

Seul Davos, son ami, arrive à rivaliser au moins pendant les séances de combat. Zéphyr considère Davos comme le frère qu'il a perdu, reportant sur celui – ci tout ce qui lui reste d'empathie et d'affection. Comme pour mieux souder leur amitié, Davos a également perdu sa famille, le même jour que Zéphyr lors des raids sanglants des bannis. Sans leur amitié réciproque, ils seraient devenus fous. Ils vouent une haine commune aux bannis et désormais un projet punitif commun.

Les combats entre les deux garçons commencent à alimenter les conversations dans les couloirs de l'école très peu pourvue désormais de cadres organiques aguerris, les seuls à être capables de surpasser les deux jeunes. Tous les vétérans, autres que les instructeurs, sont partis sur le front.

Aucun élève ne veut affronter Davos et Zéphyr tant la colère que ces deux combattants mettent dans leurs prouesses est ravageuse. Leurs combats sont devenus des spectacles sur lesquels les élèves parient. A chaque fois, on pense qu'ils vont s'entretuer et à chaque fois, une fois le combat terminé, ils se serrent les avants bras, à la façon des guerriers de l'Empire. Davos avec sa hache et son bouclier, privilégie la puissance et la force, ne prêtant que peu d'attention à sa défense. Ne pas laisser d'espace vide entre lui et son adversaire est son credo. Zéphyr, quant à lui, profite toujours avec ses deux cimeterres, des opportunités de positions, de lieux, d'objets qui l'entourent. Il mise surtout sur sa rapidité et son intelligence. Ils savent tous les deux que le temps de leur première affectation sur des terrains opérationnels approche.

- *C'est bientôt la fin de notre formation, l'avorton. Aucun de nous n'a réussi à clairement gagner un combat. Aujourd'hui, c'est mon jour ! Je t'écrase.*

- *Tu oublies, mon gros lapin, le jour où tu es reparti sur un brancard !*

- *Cela ne compte pas ! Je me suis fait cela tout seul quand ma hache s'est brisée sur le mur, en voulant t'apprendre à te battre. Sans ce morceau de bois éclaté dans ma jambe, tu serais devenu un demi-avorton.*

- *Tu parles de la petite écharde qui t'a piqué ?*

- *On va voir ce que tu vas dire quand, en guise d'écharde, tu vas te prendre mon manche de hache dans le ...*

- *Pas de grossièretés, mon minou, nous avons comme d'habitude un public sensible.*

C'était devenu un jeu entre eux. Zéphyr le rabaisse avec les surnoms les plus ridicules pendant que Davos ne finit pas d'épuiser son répertoire d'injures. Mais lorsque viennent les hostilités, le monde pourrait s'écrouler autour d'eux, rien ne les déconcentrera.

Davos feint à droite mais stoppe immédiatement sa lancée pour frapper de toutes ses forces sur le flanc opposé de Zéphyr. Ce dernier recule en se cambrant juste suffisamment pour laisser passer la lame à quelques centimètres de son ventre et riposte de ses deux cimeterres simultanément sur chaque flanc. Les deux combattants entrent alors dans un enchaînement de frappes, ripostes, feintes et contre-ripostes. Du point de vue des spectateurs, on assiste à une danse ininterrompue. Le groupe de curieux semble fonctionner au ralenti tant la vitesse d'exécution du ballet entre les deux guerriers est impressionnante. On n'entend que le bruit des armes d'entrainement claquer entre elles, et la furtivité des pas des deux prodiges. Tous retiennent leur souffle sauf les deux protagonistes qui dégagent un calme glaçant dans leur regard et ne montrent aucun signe d'essoufflement, aucune goutte de sueur.

Lors d'une attaque-parade, les combattants maintiennent leurs armes figées en l'air. Davos exerce un mouvement de torsion continue sur sa hache double lame pour bloquer les lames de deux cimeterres en parade haute. Toujours en forçant sur les lames de Zéphyr, il pivote sur lui-même, obligeant Zéphyr à suivre le mouvement et libère les armes alors qu'ils sont dos à dos. Il termine sa vrille jusqu'à arrêter le tranchant de sa hache à un centimètre du cou de Zéphyr.

-       *J'ai gagné, l'avorton !*

-       *Je ne crois pas, ma dulcinée,* répond Zéphyr. *Nous sommes morts tous les deux,* dit-il en voyant la hache contre son cou et son cimeterre sur le cou de Davos.

Le temps qui s'était suspendu semble reprendre soudainement dans la salle, sous les applaudissements.

Les deux soldats sont en vis-à-vis chacun ayant son arme prête à égorger l'autre. Ils déposent les armes et se saluent comme à leur habitude.

Davos tourne alors la tête vers un instructeur cognitif qui regardait la scène. Il reste figé, le regard perdu dans sa direction quelques instants puis se retourne vers son frère d'armes.

-       *Je crois qu'il t'appelle.*

-       *Qu'est-ce qui te fait penser cela ?* Répond Zéphyr tout en rangeant ses armes d'entrainement.

-       *Je te retranscris ce qu'il est en train d'hurler dans mon cerveau à coup de messages cognitifs. « Aspirant Davos, veuillez dire au sourd en face de vous qu'il est attendu à son cours de rattrapage pour la leçon élémentaire de 'je comprends un message cognitif pour les nuls !' »*

-       *Fichu blocage !*

-       *Une bénédiction oui ! tu ne peux pas imaginer comment c'est troublant d'avoir à les entendre te donner des ordres sans que tu le veuilles, ni pouvoir leur répondre. C'est comme si on rentrait dans ta chambre sans invitation.*

-       *Peut-être mais ce n'est pas à mon avantage. Cela peut être pénalisant pour ma carrière.*

-       *Rassure-toi ! Au contraire, cela ne fait qu'ajouter du mystère au phénomène Zéphyr et en prime, cela doit énerver plus d'un cognitif.*

Zéphyr passe devant l'instructeur cognitif pour lui répondre. Il sait que ce dernier fait exprès de lui parler en message cognitif pour mieux lui rappeler son handicap : son incapacité à recevoir le moindre message mental, exercice normalement basique pour tout initié.

-       *Je débriefe avec le Garant instructeur du combat et je suis à vous, Garant.*

Zéphyr ne sait pas si le cognitif est en train de lui répondre ou pas. Il voit juste son sourire suffisant. Il rejoint Davos et leur instructeur organique, l'un des rares vétérans encore présents à l'académie et non réquisitionnés par les besoins insatiables de la République pour servir ses ambitions belliqueuses.

Zéphyr et Davos ont un profond respect pour cet ancien. Ces enseignements sont justes et efficaces. C'est lui qui les a faits le plus progresser. Mais surtout, c'est l'un des rares à pouvoir prendre encore le dessus sur les deux jeunes.

- *Aspirant Zéphyr*, dit l'instructeur. *Vous ne devez jamais laissez vos armes se faire bloquer en cisaille par votre adversaire. Votre atout c'est la rapidité et vos frappes imprévisibles des deux mains. Si l'Aspirant Davos avait pensé à utiliser ses jambes pour vous faucher, vous n'auriez pas pu réagir.*

Zéphyr hoche la tête en signe d'approbation.

- *Si toutefois, cela devait se reproduire. N'hésitez pas à lâcher vos armes entravées par l'ennemi et vous saisir des poignards à votre taille. Vous surprendrez votre adversaire… sans doute pour la dernière fois de sa vie. Quant à vous, Aspirant Davos, le geste était audacieux et très intelligent. Sur n'importe qui, il aurait fonctionné à merveille. L'Aspirant Zéphyr a juste la chance d'être très rapide et de corriger sa situation délicate. Mais vous devez profiter immédiatement de votre avantage avec la tête, les jambes, un genou, ce que vous voulez. Si vous bloquez les armes de votre adversaire, brisez par n'importe quels moyens ses possibilités de réaction.*

- *Ah ! Tu as entendu Zef ! C'était un coup de génie. Comme je ne voulais pas abimer ta jolie petite gueule, je me suis retenu de t'amocher les dents avec tête. Donc j'ai gagné.*

- *Avec quelle tête ? Celle sur laquelle ma lame s'est arrêtée ?*

- *Quand vous aurez fini vos enfantillages, je vous donnerai la dernière leçon pour aujourd'hui*, ajoute l'instructeur. *Bien sûr ne méritent des louanges que les combats après lesquels on survit. Or vous auriez fini tous les deux entre quatre planches à l'issue de votre passe d'armes si nous étions en situation réelle. Vous ne devez jamais oublier que votre seul crédo : c'est survivre. Votre corps, c'est votre trésor. On ne note pas à la fin d'un combat, qui a fait les plus belles passes d'armes, qui était le plus rapide, qui avait le plus de force, on ne retient que le survivant, le vainqueur aussi médiocre ait pu être son combat.*

L'amnésie est une perte partielle ou totale de la mémoire. C'est un état pathologique permanent ou transitoire, congénital ou acquis. Il peut être d'origine organique issu de lésions cérébrales comme une tumeur, un traumatisme crânien, une maladie neurologique, ou des troubles post-traumatiques ou encore considéré en psychanalyse comme un mécanisme de défense contre l'angoisse de souvenirs douloureux.

# 28. Expulsion

Zéphyr est installé sur une chaise. En face de lui, siège un instructeur cognitif en pleine concentration. Il transpire anormalement. On ne peut s'empêcher de voir certains de ses vaisseaux sanguins oculaires qui ont éclaté. Ses bras tremblent. Pendant ce temps Zéphyr reste calme, les yeux fermés, n'esquissant aucun geste, attendant la fin de la séance.

- *Arrêtez !* Crie le Commandeur de l'école cognitive. Il assiste à l'exercice, accompagné de plusieurs initiés dans l'art cognitif.

- *Arrêtez immédiatement !*

L'instructeur cognitif, tremblant soupire fortement, visiblement satisfait que son Commandeur mette un terme à son supplice. On devine un soupçon de frustration dans son regard. Il s'adresse à son Commandeur.

- *Il n'y a pas moyen, Commandeur. Je n'ai jamais rencontré une telle capacité de résistance. C'est un mur inviolable. Et si par chance vous réussissez à trouver une brèche pour vous y engouffrer. Il vous expulse avec violence. Je ne peux pas le sonder. Il me tuerait.*

Zéphyr, tout doucement, ouvre les yeux et sourit. Depuis trois semaines, il suit régulièrement sa formation d'espionnage dans le quartier des cognitifs. Il ne compte plus le nombre d'instructeurs qui ont tenté de le sonder, au moins autant que ceux qui ont essayé de lui envoyer un message mental. Pour les deux exercices, le résultat est le même. Aucun cognitif n'est parvenu à franchir la barrière cérébrale de Zéphyr.

- *Veuillez nous laisser, l'Aspirant organique et moi-même,* répond le Commandeur, en s'adressant à tous ses instructeurs.

Les officiers, visiblement surpris de la requête, obtempèrent et quittent la pièce, non sans inquiétude. Comme eux, leur Commandeur doit être passablement énervé de ne pouvoir venir à bout de cet organique. Va-t-il vouloir se défouler sur le soldat ? Ce n'est pas pour l'organique qu'ils émettent des craintes, mais, bien pour leur Commandeur. Ils ont tous eu un aperçu du pouvoir de résistance de Zéphyr. Celui qui voudrait se défouler sur le jeune homme à la manière d'un cognitif risque d'avoir de sévères et irrémédiables déconvenues.

Dès lors que ses hommes ont quitté la pièce, le Commandeur cognitif prend place sur la chaise vacante en face de Zéphyr. Loin d'être méprisant et revanchard vis-à-vis de l'organique, il cherche à comprendre cette capacité inédite.

- *Vous êtes fascinant, Aspirant. De mémoire d'archive dans cette école, je n'ai jamais rencontré un organique capable de résister si facilement au sondage. Même nos meilleurs espions cèdent sous la pression de mes meilleurs instructeurs. Je vous ai accepté en perfectionnement dans mon école, sur recommandation de mon confrère, Commandeur de l'académie des organiques. J'avoue que j'étais septique au premier abord. J'ai pensé que c'était encore une lubie de mes confrères organiques qui rêvent d'avoir un de leurs disciples se hisser à la hauteur d'un cognitif en matière de maîtrise cérébrale. J'avais pour mission de vous entraîner à la résistance au sondage. C'est assurément inutile. Cet exercice est une seconde nature chez vous. La résistance est innée, aussi facile que de me* saluer. Ce qui m'amène plusieurs questions : Que faites-vous de plus qu'un organique commun ne puisse faire ?

- Je peux vous décrire Commandeur, ce que je fais quand je sens une intrusion mais je ne peux vous expliquer pourquoi les autres n'y arrivent pas.

- Ce n'est pas la peine, vous l'avez déjà décrit à mes officiers. Cela correspond parfaitement à la technique de résistance pour un organique sauf que la pratique n'a aucun secret pour vous, et vous seul. Ce que nous ne comprenons pas c'est comment vous maintenez si fermement les parois cérébrales, expulsez les ondes parasitaires des cognitifs comme on écrase un moustique. Ce que vous décrivez est exactement la même chose que n'importe quel espion organique va décrire, mais dans son cas, cela monopolise toute son énergie. Sa résistance l'épuise. Il ne peut contrecarrer indéfiniment l'ingérence cognitive à laquelle il doit faire face. Votre cas est un cas d'étude passionnant. Je ne manquerai pas de vous rappeler en formation à votre retour d'affectation. La deuxième question est justement en lien avec votre formation. Vous n'êtes définitivement pas un cognitif. Vous ne montrez aucune aptitude pour influencer un tiers. Mais vous agissez quand vous êtes en contact avec un cognitif, comme si les techniques cognitives n'avaient pas de secret pour vous. Aussi je voudrai approfondir votre formation aussi bien pour notre compréhension que pour étudier si nous pouvons développer chez vous d'autres talents.

- Si je ne peux pratiquer l'art cognitif, Commandeur. Que puis-je apprendre ?

- Vous savez, même si nous avons réduit les cours sur le sujet, que nous formons aussi des soigneurs, des hypnotiques, des communicants. Je pense que malgré le fait que vous ne puissiez pas entrer en contact cérébral avec une tierce personne, vous devriez être capable d'auto guérison, ou d'autohypnose vous permettant de vous convaincre vous-même.

-       L'auto guérison est pour sûr un précieux avantage, Commandeur. Mais en quoi dois-je m'auto-convaincre ? Cela n'a pas de sens pour moi.

-       N'oubliez pas que nous vous formons à l'espionnage, même si l'avenir nous dira si vous serez plutôt un grand combattant de guerre ou un grand personnage de l'ombre ou juste un feu de paille prometteur qui s'est éteint en opérations. Or pour qu'un espion ne révèle aucun secret, imaginez la puissance de l'auto suggestion : se convaincre d'un mensonge ! Aucun ennemi cognitif ne pourrait déceler le moindre mensonge si vous vous êtes convaincu vous-même de cette chimère. Puisque vous comprenez les techniques cognitives sans pouvoir les exécuter sur les autres, je suis curieux de vous l'enseigner et les tester sur vous.

-       Compris, Commandeur.

-       Enfin ma dernière question. Avez-vous déjà accepté un sondage de plein gré ?

-       Non, Commandeur.

-       Pensez-vous pouvoir vous laisser faire si c'est moi qui réalise le sondage avec la promesse de ne rien influencer pour ne pas provoquer de résistance ?

-       Ne le prenez pas pour de l'insubordination, Commandeur. Je ne suis pas sûr d'être capable de rester docile. Ma réaction de défense est instinctive. Je ne pense pas pouvoir la contrôler.

-       Relaxez-vous et essayons.

Zéphyr ferme les yeux et se détend.

Je ralentis mon rythme cardiaque... libère les tensions musculaires... laisse mon inspiration diffuser pleinement mes poumons... j'attends...

Je sens des signaux anormaux dans les tunnels... une onde étrangère de flashs... elle s'immisce dans les tunnels... les parois vibrent légèrement au passage de la *lumière … Je dois la laisser faire... la lumière diffusée est différente des signaux habituels, légèrement rouge... elle n'est pas agressive... elle effleure les parois... elle attend à chaque passage que je m'habitue à sa présence... elle continue sa progression... lentement mais sûrement... je l'observe... je ne la quitte pas un instant... je rassure mes flashs de défense... ils sont aux aguets...*

*Elle circule de tunnels en tunnels... patiemment elle avance … temporisant ici et là... Elle semble attendre que je l'invite à poursuivre... j'accepte... elle progresse...*

*Elle finit par atteindre le couloir des souvenirs... ce n'est plus un flash rapide mais une lumière qui scintille doucement... elle observe... elle se dirige à pas de velours vers les filaments de mes souvenirs... A chaque pas, elle hésite... comme un enfant qui veut voler un bonbon et qui a peur de se faire surprendre... elle veut toucher un point de souvenir bleu... A son contact, le point devient blanc... il s'est effacé... je perds le contrôle... mon rythme cardiaque s'accélère brusquement... il y a danger... se défendre immédiatement... mes flashs surgissent en masse pour repousser la lumière intruse... je ne peux pas maîtriser la violence de leur réaction... ils bombardent la présence étrangère et l'expulse à la vitesse de l'éclair.*

Le Commandeur fait un bond en arrière violemment sur le dossier de sa chaise. Il saigne du nez et des oreilles.

Zéphyr ouvre les yeux, gagné par un mouvement de panique, non pas pour ce qu'il a à postériori fait subir au Commandeur, mais parce qu'il a perdu le contrôle de lui-même. Voyant l'état du Commandeur, il s'excuse sur le champ.

-    *Je vous prie d'accepter toutes mes excuses, Commandeur.*

Il attend un instant de voir si le Commandeur se relève. Quand en effet, son officier se rassoit, Zéphyr s'attend au pire. Il a agressé, certes sans le vouloir un Commandeur de la République. Le châtiment adéquat est la mort. A sa grande surprise, le Commandeur ne le regarde pas avec haine, seulement impressionné et dubitatif. Zéphyr en profite pour se justifier dans l'espoir de minimiser la peine.

-        Je ne sais pas ce qui est arrivé. J'arrivais à me laisser faire, à calmer mes flashs mais quand vous avez regardé dans ma mémoire, j'ai perdu le contrôle de moi-même. C'est la première fois que je ne suis pas maître de mon corps. J'ai presque honte de ne pas savoir maîtriser ces réactions. Mes sens ne m'obéissent pas quand ils sentent une présence dans leur territoire.

-        Ne vous excusez pas, Aspirant. Je savais que je prenais un risque en vous sondant. Je suis certes plus doué encore que mes instructeurs, mais ils n'avaient jamais échoué avant d'essayer sur vous. Vous êtes donc un cas d'étude. De plus, ce n'est pas un échec, j'ai réussi à vous sonder, au moins un instant. Et je sais désormais deux choses : Je n'ai jamais rencontré une telle puissance d'expulsion. Et croyez-moi, j'ai sondé plusieurs centaines de personnes, y compris des initiés cognitifs. C'est vous qui m'avez autorisé à pénétrer jusqu'à la mémoire mais un processus s'est déclenché quand j'ai voulu regarder vos souvenirs...

-        Il s'est effacé...

-        Exact ! Vous avez compris cela ? Vous êtes vraiment unique. Votre cerveau s'est défendu de lui-même contre ce pillage de souvenirs.  Aspirant, êtes-vous sûr de n'avoir jamais été sondé auparavant ?

-        Pas à ma connaissance, Commandeur.

-        Vous ne mentez pas ... donc sachez que vous l'avez été sans doute très jeune. Votre cerveau a été conditionné de manière complexe pour réagir violemment à toutes intrusions. Vraiment très intéressant et innovant ! Quelle arme protectrice ! Non seulement vos souvenirs s'effacent mais il est impossible de résister à votre auto-défense. Vous êtes doté d'une double protection. Votre instinct qui semble ne pas obéir à votre raison, agit comme un Cerbère devant la mémoire, elle-même prête à s'effacer en cas d'effraction.

-        Pourquoi ?

Bouleversé, Zéphyr en oublie les règles de politesse hiérarchique mais le Commandeur trop captivé par ce qu'il a vu, ne relève pas.

-        Je ne sais pas, Aspirant. Mais celui qui a fait cela est un très grand maître dans l'art cognitif et ne voulait pas qu'on accède à votre mémoire.

-        Dois-je m'inquiéter, Commandeur ? Suis-je indigne de confiance ?

-        Non, Aspirant. J'ai la certitude de votre bonne foi. C'est un processus non contrôlé. De plus, voilà une incroyable arme d'espionnage dans le panel que vous aviez déjà.

-        Vais-je récupérer ces souvenirs effacés, Commandeur ? Ou suis-je condamné à perdre mon histoire, mon passé ?

-        Je comprends votre angoisse à ce sujet. Malheureusement, je ne peux répondre à votre question. Je vais réfléchir à votre cas, Aspirant. Soyez rassuré par une chose. Personne ne peut accéder à vos souvenirs sans votre autorisation. Vous m'avez laissé faire et vous tentiez de vous maîtriser pendant mon sondage. Pourtant vous m'avez bel et bien secoué en m'expulsant. Je n'ose imaginer ce qu'il serait survenu si une présence vraiment hostile tentait de vous agresser. Vous pourriez tout simplement la tuer par votre réaction de défense. Alors ne vous inquiétez pas pour vos autres souvenirs ! Désormais vous êtes prévenu. Vous ne laisserez plus personne accéder à votre bibliothèque de souvenirs, j'en suis sûr.

-        Merci, Commandeur. Je pense en effet que je ne pourrai jamais laisser quelqu'un me sonder de peur de perdre mon identité.

- _Vous êtes vraiment un cas passionnant, Aspirant. En attendant, vous pouvez regagner vos quartiers._

Si l'intention, dans la vengeance, se porte principalement sur le bien collectif que doit procurer le châtiment de l'offenseur, par exemple sa répression, le repos des autres, le maintien de la justice, la vengeance peut alors être licite. Se venger devient alors un acte citoyen.

# 29. Affectation

Après un an de formation accélérée, le jour de l'affectation est arrivé. Zéphyr est appelé chez le Commandeur comme les dix autres recrues prometteuses qui ont pu profiter de l'année de formation. La majeure partie de leur contingent étant déjà partie sur le front depuis six mois. Les aspirants passent les uns après les autres dans le bureau de leur officier supérieur. Aucun des aspirants n'attend avec angoisse ou espoir le choix du Commandeur, quant à leur affectation. Il n'y a, en effet, aucun suspense puisque que tous savent qu'ils vont partir dans les rangs du Commandeur Carnage pour participer à l'annexion du royaume de Sarroie à la République. Cette certitude déplait à Zéphyr. Il aspire à un tout autre destin. C'est à son tour d'entrer dans le bureau du Commandeur du recrutement.

- *Aspirant Zéphyr, votre formation initiale est achevée. Vous êtes incontestablement notre meilleur élève. De mémoire de Commandeur, je n'ai jamais vu un aspirant se donner avec tant d'énergie, de passion et même de rage dans sa formation. Nous vous nommons Servant de la République. Félicitations.*

- *Merci, Commandeur.*

- *Comme vous le savez, nous avons un peu modifié le cursus d'apprentissage de nos champions organiques.*

230

Vous allez faire comment dire... une période de pratique sur le front Ouest. Je n'ai qu'un ordre à vous donner : Gagner cette fichue guerre et revenez entier. Nous misons beaucoup sur vous. Vous devez terminer votre formation.

-       Puis-je vous demander une faveur, Commandeur ?

-       Ce que vous voulez.

-       Affectez-moi à la frontière des territoires libres, en bordure du pic de Dante. Non pas que je craigne le front Ouest, mais ...

-       Non Aspirant, vous ne serez pas affecté sur les patrouilles au Sud. Je comprends votre haine contre les bannis. Elle est justifiée. Mais l'intérêt de l'Etat prime sur vos intérêts personnels. La guerre contre la Sarroie n'a que trop duré. Le Magister fait de la Victoire à l'ouest, une priorité absolue pour la République. Tous les initiés sans exception doivent partir sous les ordres du Commandeur Carnage. Si vous tenez à mener une grande carrière militaire, et vous en avez les outils, vous devez passer par la case opérationnelle sur le front Ouest. Quel gâchis ce serait que de vous envoyer vous promener contre une poignée de rebelles. Revenez du front Ouest, finissez votre apprentissage et je vous jure de vous donner l'occasion d'assouvir votre vengeance. Est-ce clair, Aspirant ?

-       Très clair, Commandeur. Je me permettrai de vous rappeler votre promesse à mon retour.

-       Je ne souhaite que cela que vous reveniez de cette guerre et que vous me rappeliez notre discussion. Cela signifierait qu'on pourra parfaire la formation tronquée d'un élève très prometteur. En attendant, vous partez avec Davos demain à l'aube avec deux mille fantassins et deux cents archers. Bonne chance, Aspirant.

Zéphyr salue et se retire sans un mot. Il sait que le Commandeur a raison. Il ne peut cependant cacher sa déception. Il a un frère à sauver, un père et une mère à venger. Mais son combat sans l'appui de la force militaire de la République serait illusoire. Les Sarriens sont donc devenus un obstacle qu'il faut éliminer pour lui permettre d'obtenir justice.

Assouvir sa vengeance passe par la victoire de la République en Sarroie.

Une fois le bureau du Commandeur vide de toutes recrues, le Commandeur Sono, Commandeur de la communication entre alors dans le bureau de son confrère. Il a écouté les conversations que le Commandeur instructeur a tenues avec ses dix recrues prometteuses de l'école organique pour vérifier l'efficacité de son programme de 'fidélisation'. Il a particulièrement étudié le cas de Zéphyr et Davos qui au terme de la formation ont été classés Elite. On y recrute les hommes d'une élite secrète qui ne répond qu'au conseil. Le Magister, en personne, lui a confié la mission de transformer les meilleurs éléments en défenseurs inconditionnels de la République. Il vient vérifier si son programme a bien fonctionné. Et quel programme ingénieux ! : Simuler une attaque des bannis dans les foyers ruraux dont sont issus ces recrues, leur faire comprendre qu'ils ont besoin de la République pour assouvir leur vengeance et que la République a besoin d'eux pour gagner la guerre en Sarroie. Il en a fait des bêtes de guerre, qui vont tout faire pour abréger le conflit en Sarroie pour se défouler à leur retour sur les bannis.

-       *Au-delà de mes espérances ! nous venons de fabriquer les plus terribles des machines de guerre, d'une fidélité absolue.*

-       *Espérons que nous saurons les contrôler, Commandeur Sono.*

-       *Au contraire, je veux qu'ils soient incontrôlables au moins pour les mois à venir. Que nos ennemis tremblent devant leur soif de justice. Il sera toujours temps par la suite de les calmer si besoin… ou pas si nous n'en avons plus besoin. Vous les avez bien tous sondés, n'est-ce-pas ?*

- Oui. Ils sont tous de fervents républicains convaincus. D'ailleurs, à ce propos, dans son dossier, le Commandeur de l'école cognitive a demandé une enquête auprès de vos services sur la famille du garçon nommé Zéphyr. Il recherche qui a pu effectuer un marquage cognitif sur le jeune homme dans sa jeunesse. Le garçon n'en a pas conscience.

- Bien donnez-moi cela. En attendant, voyons ce que nos protégés vont donner sur le front Ouest...


Fin du livre I


Boris Tarinef.

# Table des matières

A suivre :

Zéphyr Livre II : La clé cognitive

# Extrait livre II

## 1.  Rendez-vous dans l'autre vie

6 mois plus tôt...

La Guide contemple les cimes des Monts Glacés assise en tailleur sur son rocher. Les larmes perlent en silence sur son visage. Personne n'ose la déranger. Elle n'a pas bougé de son promontoire depuis l'aube, moment où le messager de Jalbert est arrivé. Les mots du coursier résonnent encore dans son crâne :

*Ma Guide. Je suis navré d'être porteur de mauvaises nouvelles. Votre sœur, Miranda est morte. Votre neveu Virgile a été emmené dans les mines de Gorgones.*

Depuis l'accablante nouvelle, elle ne cesse de ressasser les évènements. Elle est la Guide. En tant que telle, elle doit continuer la lutte et ne pas se laisser submerger par son émotion, aussi légitime soit-elle. Elle doit froidement mesurer quelles implications, ce tragique revers du destin amène à leur combat.

Elle se relève doucement. Elle observe encore une fois les cimes enneigées pour se ressourcer et se donner le courage de poursuivre.

Ses larmes séchées, elle se retourne et avance vers son état-major qui l'attend patiemment à l'écart.

- *Que tous ceux qui connaissaient Miranda me pardonnent. Je vous jure de lui rendre les honneurs, mais je ne peux plus continuer à la pleurer aujourd'hui. Je ne peux changer le passé mais nous pouvons changer le futur. Je dois continuer notre quête pour sauver la République. Yldéric, la première urgence est de retrouver Hector, en route pour la campagne de Brévor. Il ne doit sous aucun prétexte rejoindre sa ferme. Envoyez Théodore l'intercepter. Hector aura confiance en notre gardien du pic de Dante.*

- *Bien, ma Guide,* lui répond Yldéric.

- *Maintenant, écoutez-moi bien. Les décisions que j'ai prises vont peut-être vous interpeller et vous mettre mal à l'aise. Aussi je vous demande de continuer à me faire confiance. Ce n'est pas le chagrin qui me guide. Bien au contraire, je dois le combattre pour réussir à prendre de telles décisions. Zéphyr va nous haïr dès qu'il apprendra le décès de sa mère, nous qui sommes censés être les bourreaux de sa famille. Cette haine nous allons même l'aggraver jusqu'à ce qu'elle devienne viscérale.*

A voir leurs têtes, Yldéric et Walfried effectivement ne pipent mots de ce que leur Guide est en train de leur expliquer. Mais ils restent patients devant la tirade de celle-ci. Ils la suivraient jusqu'aux enfers si c'était nécessaire.

- *Yldéric, donnez les instructions pour qu'on retrouve le corps d'un homme de la même stature qu'Hector. Faites-en sorte qu'on ne puisse pas reconnaitre le visage de cet homme dans les décombres de la ferme. Trouvez-le dans la fosse commune, s'il le faut. Hector doit être mort aux yeux de tous. Il faut aller très vite car ils vont surement faire constater à Zéphyr, la mise en scène macabre dès ce soir ou demain. Vous, Kaïm, Théodore, Walfried et moi seront les seuls dans la confidence. Zéphyr doit imaginer que toute sa famille est décédée. Nous allons combattre le conseil avec les mêmes armes de manipulation que celles qu'il utilise. Ce sera à l'avenir un moyen de convaincre Zéphyr du crime perpétré par le conseil. S'il voit son père vivant, il saura que l'horreur infligée à sa famille est l'œuvre du service de propagande de la République et non la nôtre.*

*Ce qui m'amène au second point et non des moindres : Convaincre Hector ! Mon beau-frère vient de perdre sa femme, son fils s'est fait enlever et conduit aux mines de Gorgones, son second fils est devenu le pire ennemi de la Famille. Tous les ingrédients sont réunis pour rendre fou même un homme comme Hector. Connaissant, l'ancien Commandeur des armées de la République, il va vouloir foncer, tête baissée, dans les bras de l'ennemi et se fera tuer en voulant assouvir sa vengeance.*

Interloqué par le récit de leur Guide, Yldéric assimile l'information. Il prend conscience du défi.

-       *Comment faire, ma Guide ?*

-       *J'ai toute confiance en Théodore. Vous lui donnerez mot à mot mes instructions. Premièrement, Hector ne doit jamais arriver à la ferme. Il est parti hier. Théodore doit l'intercepter par tous les moyens et lui annoncer la perte de Miranda. Hector sera effondré et avant qu'il ne décide l'irréparable, Théodore doit le convaincre de revenir ici en lui répétant le message suivant :*

« *Hector c'est Ebène qui te le demande.* »

Les deux anciens officiers se regardent pour être sûrs d'avoir bien compris.

- Ma Guide, je ferai ce que tu demandes, tu peux en être sûre. Ai-je le droit cependant à plus d'explications ? Qui est cet Ebène ? Demande Yldéric.

- Je vous implore d'exécuter mes directives, sans poser plus de questions. Surtout, ne répéter à personne cette phrase. C'est la seule fois où je ne partagerai pas avec vous les raisons de mes décisions. Mais croyez-moi c'est le seul moyen pour Théodore de retenir Hector.

Yldéric fait un signe affirmatif de tête.

- Quels sont les ordres suivants ?

- Que Théodore dise à Hector que je jure de récupérer la dépouille de Miranda dès que Zéphyr aura malheureusement constaté l'horreur dans son foyer, que je donnerai à ma sœur les obsèques et les honneurs à la hauteur de sa bravoure et de son amour pour lui.

Elle ne peut s'empêcher de retenir les larmes qui inondent de nouveau son visage.

- Enfin, dites à Théodore et Kaïm d'accompagner Hector jusqu'ici. Je l'attends pour entraîner une section d'élite et partir avec elle aux mines de Gorgones. Kaïm et Théodore seront de la partie. Grâce à ses facultés de mémorisation, Kaïm a en tête les plans des mines de Gorgones qu'il a dérobés chez le Magister. Quant à Théodore, il sera un guide précieux dans les passages étriqués des montagnes de Gorgones.

- Si Hector résiste ou refuse ?

- J'ai dit que vous deviez utiliser tous les moyens à votre disposition. L'assommer en fait partie.

www.ingramcontent.com/pod-product-compliance
Lightning Source LLC
Chambersburg PA
CBHW022041240626
47154CB00007B/2508